Collection Bert

Gardes de Sabres

Me LAIR-DUBREUIL
M. André PORTIER

CATALOGUE

de l'Importante Collection de gardes de sabres appartenant à
M. BERT, photographe

Gardes de Sabres

DE PROVINCES ET DE FAMILLES DIVERSES

Primitives, Incrustées, Mukade, Namban, Tembo, Kaneiye, Myochin, Shoami, Damasquinées, Umetada, Marubori, Omi, Goto, Echizen, Hizen, Nagato, Sado, Owari, Hitachi, Somin, Nara, Hamano, Inaba, Kyoto, Musashi, Emailleurs, etc...

Dont la vente aura lieu à l'HOTEL DROUOT, Salle n° 9,

les Lundi 25 et Mardi 26 Mai 1914, à 2 heures

Mᵉ F. LAIR-DUBREUIL	M. ANDRÉ PORTIER
Commissaire-Priseur	*Expert près le Tribunal civil*
6, rue Favart	**24, rue Chauchat**

Chez lesquels se distribue le présent catalogue.

EXPOSITION PARTICULIÈRE
Chez M. André PORTIER, 24, rue Chauchat,
du Mardi 19 au Vendredi 22 Mai 1914, de 9 h. à 6 h.

EXPOSITION PUBLIQUE
HOTEL DROUOT, Salle n° 9. le Dimanche 24 Mai 1914, de 2 h. à 6 h.

CONDITIONS DE LA VENTE

La vente sera faite expressément au comptant.

Les acquéreurs paieront 10 % en sus des enchères.

L'expert assistant aux expositions se met à la disposition de MM. les Amateurs qui voudraient lui confier leurs ordres d'achat.

PRÉFACE

Les amateurs de ciselure japonaise vont avoir l'heureuse surprise d'une belle vente de gardes de sabres. M. Bert, le photographe parisien bien connu, disperse la collection que depuis trente ans il avait patiemment assemblée, pièce à pièce, avec un goût sûr et un sens très averti de l'art japonais.

M. Bert appartient à cette seconde génération des japonisants qui, après les Goncourt et Burty, se passionnèrent pour les œuvres venues d'Extrême-Orient. Hayashi fut leur grand éducateur et leur donna la curiosité des pièces anciennes, de beauté sobre et rude. En même temps, ils gardaient leur amour pour ces ciselures fines du XVIIIe et du XIXe siècles, qui marquent la perfection d'une technique savante et raffinée. Le goût éclectique de ces collectionneurs les conduisit naturellement à réunir des pièces de styles très divers et qui montraient, de siècle en siècle, l'évolution d'un art admirable.

On ne s'étonnera donc point de trouver dans la collection Bert une suite très complète des ateliers de ciselure. Depuis les gardes primitives jusqu'aux délicates orfèvreries de la fin du siècle dernier, tous les styles et tous les types de « tsuba » sont là réunis; toutes les grandes familles d'artistes, tous les ateliers des provinces ont des témoins dignes de les représenter. Au milieu d'une remarquable série documentaire, — la collection comprend 1.700 gardes — les grands amateurs auront la joie de reconnaître des pièces du style le plus pur et qui seront l'honneur de leur collection.

François PONCETTON.

GARDES DE SABRES

I. — GARDES PRIMITIVES ET TYPES POSTÉRIEURS OU DÉRIVÉS

1. — Garde en fer, mince, circulaire, ajourée d'un chrysanthème stylisé.
xve siècle.

2. — Garde en fer, ovale, mince, à bord renflé (« maru mimi » : oreille ronde), ajourée en négatif de prêles.
xvie siècle.

3. — Garde en fer, circulaire, à rebord « maru mimi », ajourée en négatif d'une fleur stylisée et d'un éventail.

4. — Garde en fer, quadrilatérale, ajourée en négatif de coutelas.
xvie siècle.

5. — Garde en fer, ovale, très mince, découpée d'un décor de barreaux formant grille.
xvie siècle.

6. — Garde en fer, ovale, mince, à rebord « maru mimi », incrustée en léger relief de bronze, de caractères d'écriture.
xvie siècle.

7. — Garde en fer, ovale, ajourée en négatif de fleurs de cerisier stylisées.
Signée : *Tadayoshi.*
Province de Higo.

8. — Garde en fer, ovale, épaisse, ajourée d'un décor de torii sous les pins.

9. — Deux gardes en fer, ovales, ajourées en négatif de fleurs de cerisiers stylisées et d'armoiries.
Style du Higo.

10. — Garde en fer, mince, à rebord « maru mimi », ajourée en négatif de coquillages, fruits de gourde et armoiries.

11. — Garde en fer, quadrilobée, épaisse, ajourée d'un motif rayonnant.

12. — Garde en fer, ovale, mince, ajourée de coquillages stylisés.
XVIe siècle.

13. — Petite garde en fer, ovale, en forme de coquille.
Signée : *Tadatsugu*.

14. — Deux gardes en fer, ovales, ajourées en négatif de fleurs de cerisiers stylisées et de nuages.

15. — Garde en fer, quadrilobée, ajourée en négatif d'un grand coquillage marin.

16. — Deux gardes en fer, ovales, ajourées en négatif de fleurs de cerisiers stylisées.
Style du Higo.

17. — Garde en fer, quadrilobée, ajourée de quatre motifs décoratifs.

18. — Deux gardes en fer, ajourées, l'une d'une stylisation florale, l'autre d'armoiries.

19. — Deux gardes en fer, ovales, ajourées en négatif, l'une d'un coutelas, l'autre d'un motif rayonnant.

20. — Deux gardes en fer, ajourées en négatif de motifs décoratifs.

21. — Garde en fer, ovale, ajourée en négatif de deux libellules stylisées.

22. — Garde en fer, ajourée d'un motif rayonnant et d'armoiries.
XVIIIe siècle.

23. — Trois gardes en fer, ajourées en négatif de bâtons, de grilles et de nuages.

24. — Garde en fer, quadrilobée, ajourée de motifs géométriques.

25. — Deux gardes en fer, ovales, ajourées en négatif d'un chrysanthème stylisé et d'un insecte au vol.

26. — Deux gardes en fer, ovales, ajourées en négatif de fleurs de cerisiers stylisées, de roues et de nuages.

27. — Garde en fer, ovale, à bord surélevé et ciselé en manière de corde tressée, ajourée d'un chrysanthème stylisé.

28. — Deux gardes en fer, ovales, ajourées de motifs rayonnants et d'armoiries.

29. — Garde en fer, de forme irrégulière, ajourée de motifs décoratifs et d'armoiries.
xviie siècle.

30. — Quatre gardes en fer, ajourées de motifs décoratifs.

31. — Garde en fer, ovale, ajourée en négatif d'une fleur de glycine.

32. — Deux gardes en fer, ovales, ajourées en négatif d'un oiseau et de libellules stylisées.

33. — Garde en fer, ovale et ajourée en négatif de fruits de gourde.

34. — Deux gardes en fer, ajourées en négatif de papillons stylisés, incrustées de fils de shirome et de bronze.
Une est signée : *Jingo.*

35. — Deux gardes en fer, l'une ovale, l'autre quadrilobée, ajourées de motifs décoratifs et d'armoiries.

36. — Deux gardes en fer, ovales, ajourées en négatifs, l'une d'une roue de moulin et d'une fleur de cerisier stylisée, l'autre d'une mante.
La première signée : *Tadatsugu.*

37. — Deux gardes en fer, ovales, ajourées en négatif de motifs décoratifs.

38. — Petite garde en fer, ovale, ajourée en négatif d'une fleur de glycine stylisée.
Signée : *Un forgeron de Nara.*

39. — Garde en fer, à huit côtés, ajourée largement d'un décor géométrique.
Signée : *Masayoshi.*
Indication : *Fait avec un fer étranger.*

40. — Deux gardes en fer, ajourées en négatif d'armoiries et de feuilles.

41. — Garde en fer, ovale, ajourée en négatif d'une touffe d'iris.
xviiie siècle.

II. — ATELIERS D'INCRUSTATION

42. — Garde en fer circulaire, cerclée de bronze, ajourée et incrustée en léger relief de bronze jaune : fleur de chrysanthème et papillon stylisés.
Style des incrustateurs de *Fushimi en Yamashiro.*
XVIe-XVIIe siècle.

43. — Garde en fer, incrustée en hira-zogan de motifs floraux stylisés.
Style des incrustateurs de *Fushimi en Yamashiro.*
XVIe siècle.

44. — Garde en fer, circulaire, ajourée et incrustée en bronze jaune, d'armoiries disposées en cercles.
Style des *Yoshiro.*
XVIe-XVIIe siècle.

45. — Garde en fer, à cinq lobes, ajourée et incrustée en bronze jaune de feuillages stylisés et d'armoiries disposées en cercle.
Style des *Yoshiro.*
XVI-XVIIe siècle.

46. — Garde en fer, quadrilobée, ajourée de motifs géométriques et incrustée de bronze jaune.
Style des *Yoshiro.*
XVIIe siècle.

47. — Garde en fer, circulaire, ajourée en la forme d'un chrysanthème stylisé, incrustée en bronze jaune de feuillages.
XVIIe siècle.

48. — Deux gardes en fer, l'une circulaire, l'autre quadrilobée, incrustée en hira zogan de bronze jaune, de vrilles et de fleurs.
XVIIe siècle.

49. — Deux gardes en fer, circulaires, incrustées en bronze jaune de feuillages stylisés, ajourées et incrustées de mons.
Style des *Yoshiro.*
XVIIe siècle.

50. — Petite garde en fer, ovale, incrustée en hira zogan de bronze jaune de motifs floraux.
Style des *Yoshiro.*
XVIe siècle.

51. — Garde en fer, circulaire, ajourée et incrustée en bronze jaune de feuillages stylisés et de mons.
Signée : *Nagayoshi en Yamashiro.*

52. — Garde en fer, ajourée d'un motif rayonnant, et incrustée en hira zogan de bronze jaune de nuages stylisés.

Style des *Yoshiro.*

XVI-XVIIe siècle.

53. — Deux gardes en fer, quadrilobées, ajourées et incrustées en bronze jaune de feuillages stylisés.

54. — Deux gardes en fer, circulaires, ajourées et incrustées en léger relief de bronze jaune : chrysanthème stylisé, motifs géométriques.

55. — Garde en fer, ovale, ajourée et cerclée d'un motif perlé, dont chaque perle est incrustée en hira zogan de bronze jaune.

56. — Deux gardes en fer, l'une quadrilobée, l'autre circulaire, incrustées en léger relief de bronze jaune, de vrilles et de feuilles.

Style des incrustateurs du *Higo.*

XVIIIe siècle.

57. — Garde en fer, circulaire, incrustée en hira zogan de bronze jaune, de vrilles et de feuilles.

Style des incrustateurs de *Fushimi en Yamashiro.*

XVIIIe siècle.

58. — Trois petites gardes en fer, ajourées et incrustées de motifs géométriques en hira zogan de bronze jaune.

XVIIe-XVIIIe siècle.

59. — Trois petites gardes en fer, incrustées en léger relief de bronze jaune : feuillages.

60. — Deux petites gardes de poignard, incrustées en hira zogan de bronze jaune et d'argent, l'une de caractères d'écriture, l'autre d'un écureuil sous une vigne.

61. — Garde en fer, circulaire, incrustée en relief de bronze jaune d'un lion bouddhique et de pivoines.

62. — Garde en fer, quadrilobée, incrustée en gommoku zogan d'un semis de paillettes et d'armoiries.

XVIe siècle.

63. — Garde en fer, circulaire, incrustée en gommoku zogan d'un semis de paillettes.

XVIIe-XVIIIe siècle.

64. — Garde en fer, ovale, à bord surélevé, incrustée en gommoku zogan de bronze jaune et d'argent.

XVIIe siècle.

65. — Deux gardes en fer, incrustées en gommoku zogan d'un semis de paillettes.

66. — Garde en fer, carrée, aux angles rentrants, incrustée en gommoku zogan d'un semis de fleurs et de paillettes.

xvie siècle.

67. — Garde en fer, circulaire, incrustée en léger relief de bronze jaune, de vrilles, de feuillages et de chrysanthèmes et des armoiries de la famille Asono.

Style des gardes dites *Onin-tsuba*.
xviie siècle.

68. — Deux gardes en fer, quadrilobées et ajourées, incrustées en bronze jaune de vrilles et de feuilles.

xviie siècle.

69. — Garde en fer, circulaire, ajourée d'un motif floral, incrustée d'un décor en fil de bronze jaune.

xvie siècle.

70. — Deux gardes en fer, ajourées et incrustées en léger relief de bronze jaune, de vrilles et de feuillages.

Style de *Fushimi*.
xviie siècle.

71. — Garde en fer, quadrilatétrale, incrustée en léger relief de bronze jaune, d'un décor de feuillages.

Style de *Fushimi*.
xviie siècle.

72. — Garde en fer, ajourée et formée de deux feuilles de mauve stylisées, accolées et opposées, incrustées d'un décor de fils de cuivre en léger relief.

xviie siècle.

73. — Deux gardes en fer, ovales, incrustées en léger relief de bronze jaune, de feuilles et d'oiseaux.

74. — Garde en fer, ovale, largement ajourée et décorée en relief léger de bronze jaune, d'un décor de feuilles stylisées.

xviie siècle.

75. — Garde en fer, ajourée et incrustée en léger relief de bronze jaune, de fleurs et de feuilles de chrysanthèmes.

xviie-xviiie siècle.

76. — Garde en fer, exagonale, incrustée en léger relief de bronze jaune, de vrilles et de fleurs.

Style de *Fushimi*.
xviie siècle.

77. — Garde en fer, circulaire, incrustée en relief de bronze jaune, de deux étriers dans les herbes.

xviiie siècle.

78. — Garde en fer, ajourée et formée de deux feuilles de mauve stylisées, incrustée d'un décor en fils de bronze jaune.

79. — Garde en fer, ajourée et décorée en bronze jaune de nénuphars.
XVIIe-XVIIIe siècle.

80. — Deux gardes en fer, ajourées et incrustées en léger relief de bronze jaune de vrilles et de fleurs.
XVIIIe siècle.

81. — Garde en fer, ajourée de trois éventails, incrustée en léger relief de bronze jaune, de feuillages, décorée d'une armoirie.
XVIIIe siècle.

82. — Petite garde en fer, ovale, incrustée en relief de bronze jaune, de fleurs de chrysanthèmes.

83. — Garde en fer, ajourée et incrustée en léger relief de bronze jaune, de vrilles et de fleurs.
XVIIIe siècle.

84. — Deux gardes en fer, ajourées et incrustées en léger relief de bronze jaune : feuilles et vrilles, chapeau de pèlerin.

85. — Garde en fer, quadrilobée, incrustée en fort relief de bronze jaune d'un fruit de gourde. Le feuillage est légèrement damasquiné d'or, et les vrilles sont incrustées en relief de shakudo.
Œuvre d'un artiste *Jingo* de la famille *Shimizu*.
XVIIIe siècle.

86. — Trois petites gardes en fer, ovales, incrustées en relief de bronze jaune, de fruits, de fleurs et de gouttes de rosée.

87. — Garde en fer, ovale, largement ajourée et incrustée en gommoku zogan d'un semis de paillettes.
XVIIe siècle.

88. — Trois gardes en fer, quadrilobées, ajourées et incrustées sur leur pourtour de motifs décoratifs en bronze jaune.

89. — Garde en fer, à pourtour lobé, largement ajourée et incrustée à plat, en bronze jaune, de nuages stylisés.
XVIIe-XVIIIe siècle.

90. — Garde en fer, quadrilatérale, épaisse, rudement ciselée et incrustée en bronze jaune d'un paysage.

91. — Deux gardes en fer, incrustées à plat en bronze jaune de motifs géométriques.

92. — Garde en fer, circulaire, ciselée et incrustée en fort relief de bronze jaune : arbres et rochers au bord de la mer.

xviie siècle.

93. — Trois gardes en fer, incrustées à plat en bronze jaune, de feuillages stylisés.

94. — Garde en fer, ovale, incrustée à plat en bronze jaune de feuillles et de vrilles.

xviiie siècle.

95. — Garde en fer, à bord lobé, incrustée à plat en bronze jaune de plantes grimpantes accrochées aux barreaux d'une haie.

xvie-xviie siècle.

96. — Deux gardes en fer, ovales, incrustées à plat en bronze jaune de feuillages stylisés.

97. — Garde en fer, en forme de losange, incrustée à plat en bronze jaune de motifs décoratifs réguliers.

98. — Deux gardes en fer, ovales, incrustées à plat en bronze jaune de feuilles, de fleurs et de vrilles.

99. — Deux gardes en fer, largement ajourées, incrustées en bronze jaune, l'une de nuages stylisés, l'autre de feuilles et de fruits.

100. — Garde en fer, ovale, incrustée en fils de bronze jaune d'un décor de chrysanthèmes stylisés.

xviiie siècle.

101. — Trois gardes en fer, ajourées et incrustées de bronze jaune.

102. — Garde en fer, à forme rayonnante, incrustée à plat en bronze jaune de motifs géométriques et de caractères d'écriture.

xviie siècle.

103. — Deux gardes en fer, ajourées et incrustées en bronze jaune et argent de motifs décoratifs.

xviiie siècle.

104. — Garde en fer, à pourtour lobé, ciselée et incrustée en bronze jaune ; branches fleuries.

105. — Deux gardes en fer, incrustées en bronze jaune et argent de motifs décoratifs et de nuages stylisés.

xviiie siècle.

106. — Petite garde en fer, bilobée, incrustée en bronze de motifs géométriques.

107. — Garde en fer, ovale, incrustée en léger relief de bronze jaune, de filets et d'oies au vol.

xviie siècle.

Genre Mukade

108. — Garde en fer, circulaire, incrustée en bordure d'un décor de bronze jaune et d'un mukade de fils de laiton et de fer, alternés.

xviie siècle.

109. — Garde en fer, de type et d'époque analogues à la précédente.

110. — Garde en fer, largement ajourée et découpée d'une fleur de cerisier stylisée, incrustée en bordure d'un décor de bronze jaune et par place d'un mukade de fils de cuivre et de fer alternés.

xviie siècle.

111. — Garde en fer, décorée d'un natté de fils de bronze, formant vannerie.

xviie siècle.

III. — INFLUENCES ÉTRANGÈRES

Kagonami

112. — Garde en fer, ovale, ajourée et ciselée de lions bouddhiques. Damasquinures d'or.

xviie siècle.

113. — Garde en fer, ovale, ajourée et ciselée de lions bouddhiques et de fleurs stylisées. Damasquinures d'or.

xviiie siècle.

114. — Garde en fer, ovale, ajourée et ciselée d'une longue suite de guerriers. Damasquinures d'or et d'argent.

xviiie siècle.

Influences chinoises

115. — Garde en fer, ovale, ciselée d'un grand dragon stylisé enroulé sur lui-même ; damasquinures d'argent. Au revers, caractères d'écriture damasquinés en or.

xvie-xviie siècle.

116. — Trois gardes en fer, ciselées et damasquinées de dragons et d'oiseaux Hô dans des rinceaux et des nuages.

117. — Garde en fer, ovale, ciselée en relief de lions bouddhiques et de fleurs de pivoines. Damasquinures d'argent et d'or.

xviie-xviiie siècle.

118. — Garde en fer, ovale, ciselée de motifs géométriques et de rinceaux. Dasmasquinures d'or.

119. — Garde en fer, en forme de losange, concave, ciselée et damasquinée en or et argent de dragons et de fleurs en rinceaux.

120. — Garde en fer, ovale, à bord perlé, ajourée et ciselée d'un bateau sur les flots.

121. — Garde en fer, quadrilatérale, ciselée et damasquinée finement d'or : oiseau Hò dans des nuages. Au revers, un dragon.

XVIIIe-XIXe siècle.

122. — Garde en fer, ovale, ajourée et ciselée d'un dragon. Damasquinures d'or.

Genre Namban.

123. — Garde en fer, ovale, à bord perlé, ajourée et ciselée de rinceaux. Damasquinures d'or.

XVIIIe siècle.

124. — Garde en fer, circulaire, ajourée et ciselée d'un dragon au-dessus des vagues de la mer. Fines damasquinures d'or.

XVIIIe siècle.

125. — Garde en fer, ovale, ajourée et ciselée de deux dragons affrontés et de rinceaux.

XVIIIe siècle.

126. — Garde en fer, ovale, à bord perlé, ajourée et ciselée de rinceaux. Damasquinures d'or.

127. — Deux gardes en fer, ovales, ajourées et ciselées de dragons et de rinceaux.

128. — Garde en fer, ovale, ajourée et ciselée de deux dragons affrontés, dans des rinceaux. Damasquinures d'or.

129. — Garde en fer, ajourée et ciselée d'un temple au bord de la mer, et dans des rinceaux d'un dragon et d'un faisan. Damasquinures d'or.

XVIIIe siècle.

130. — Deux gardes en fer, ovales, ajourées et ciselées de dragons et de rinceaux.

131. — Deux gardes en fer, ovales, ajourées de dragons et de rinceaux. Damasquinures d'or.

132. — Garde en fer, ajourée et ciselée de têtes de chimères, de dragons et de rinceaux. Damasquinures d'or.

133. — Trois gardes en fer, ciselées et ajourées de dragons, de fleurs et de rinceaux.

134. — Garde en fer, ovale, à bord perlé, ajourée et ciselée de deux dragons affrontés, dans des rinceaux. Damasquinures fines d'or.

XVIIIe-XIXe siècle.

135. — Garde en fer, ovale, à bord perlé, ajourée et ciselée d'un dragon dans des rinceaux sous des bambous. Damasquinures fines d'or.

XVIIIe siècle.

136. — Deux gardes en fer, ajourées et ciselées de dragons et de rinceaux.

137. — Garde en fer, ovale, finement ajourée et ciselée de deux dragons dans des rinceaux. Damasquinures d'or.

138. — Garde en fer, ovale, à bord perlé, ajourée et ciselée de deux dragons affrontés dans des rinceaux. Damasquinures d'or.

139. — Deux gardes en fer, ovales, à bords perlés, ajourées et ciselées de dragons affrontés et de rinceaux. Damasquinures d'or.

140. — Garde en fer, carrée, à bord surélevé et aux angles arrondis, ajourée et ciselée de dragons dans des rinceaux. Damasquinures d'or.

XVIIIe siècle.

141. — Trois gardes en fer, ajourées et ciselées de dragons et de rinceaux.

142. — Garde en fer, ovale, à bord perlé, ajourée et ciselée de papillons, de fleurs et de rinceaux. Fines damasquinures d'or.

XVIIIe siècle.

143. — Garde en fer, ovale, à bord perlé, ajourée et ciselée de deux dragons affrontés dans des rinceaux.

144. — Garde en fer, quadrilobée, ajourée et ciselée d'un oiseau Hô et d'un dragon dans des rinceaux. Fines damasquinures d'or.

XVIIIe siècle.

145. — Deux gardes en fer, quadrilobées, ajourées et ciselées de dragons dans des rinceaux.

146. — Garde en fer, quadrilobée, finement ajourée et ciselée d'animaux dans des rinceaux.

147. — Trois gardes en fer, ajourées et ciselées de dragons et de rinceaux.

148. — Garde en fer, quadrilobée, ajourée et ciselée d'un oiseau Hô et d'un dragon dans des rinceaux. Damasquinures d'or.

149. — Deux gardes en fer, quadrilobées, ajourées et ciselées de dragons dans des rinceaux. Damasquinures d'or.

150. — Garde en fer, quadrilobée, ajourée et ciselée de deux dragons opposés dans des rinceaux. Damasquinures d'or.

151. — Garde en fer, quadrilobée, ajourée et ciselée d'un oiseau Hô et d'un dragon dans des rinceaux. Damasquinures d'or.

152. — Garde en fer, quadrilobée, ciselée et ajourée d'un motif de barreau.
Influence européenne.
xviie siècle.

153. — Garde en fer, ovale, ciselée en relief sur fond plein, de fleurs et de rinceaux. Damasquinures d'or.
xviiie-xixe siècle.

154. — Garde en bronze jaune, quadrilobée, ajourée et ciselée de fleurs et de rinceaux. Damasquinures d'or.
xviiie siècle.

155. — Garde en fer, circulaire, ajourée et ciselée de dragons dans des rinceaux.

156. — Garde en fer, quadrilobée, ciselée sur fond plein de personnages hollandais dans des rinceaux. Damasquinures d'or.

157. — Deux gardes en fer, ajourées et ciselées de dragons et de rinceaux. Damasquinures.

158. — Petite garde en fer, quadrilobée, ciselée sur fond plein d'un oiseau Hô dans des rinceaux. Damasquinures d'or.
xviiie siècle.

159. — Garde en fer, ovale, ajourée et ciselée d'un oiseau Hô et d'un lion bouddhique dans des rinceaux.
xviiie siècle.

IV. — ATELIERS TEMBO

160. — Garde en fer, forgée et martelée de dépression, ajourée et décorée de coulées en bronze.
xviie siècle.

161. — Garde en fer, ovale, martelée et ciselée rudement, incrustée en relief de bronze de monnaies anciennes.

V. — ATELIERS DES KANEIYÉ

162. — Garde en fer, épaisse, ciselée en relief d'un petit personnage halant ses filets. Incrustations d'argent et de bronze jaune.
Signée : *Kaneiye à Fushimi, en Yamashiro.*
xviie-xviiie siècle.

163. — Garde en fer, en forme de losange, à bords rabattus, ciselée d'un petit paysage.

Signée : *Kaneiye à Fushimi, en Yamashiro.*

164. — Deux gardes en fer, ciselées, l'une de plantes aquatiques, l'autre d'un paysage au bord de la mer.

165. — Garde en fer, ciselée en léger relief de deux oies. Fines damasquinures d'or.

Signée : *Kaneiye à Fushimi en Yamashiro.*

166. — Garde en fer, ciselée en fort relief, d'un sennin assis dans la campagne.

XVIIIe siècle.

167. — Garde en fer, ovale, ciselée en léger relief de trois oies auprès de meules de paille dans la campagne. Fines incrustations d'or.

Signée : *Kaneiye, à Fushimi, en Yamashiro.*

XVIIIe siècle.

168. — Garde en fer, ovale, ciselée en relief d'un saint personnage et d'une grue sous un arbre, au bord d'un torrent. Incrustations d'or et d'argent. Damasquinures d'or.

169. — Deux gardes en fer, ciselées en relief et incrustées en bronze doré : lions bouddhiques au pied d'une cascade, dans les bambous.

170. — Garde en fer, ciselée en relief d'un personnage et de son serviteur. Incrustations fines d'argent et damasquinures d'or.

171. — Garde en fer, quadrilobée, ciselée en relief et incrustée de cuivre rouge, d'argent et de bronze doré : chaumières sous un pin, au bord de la mer.

172. — Garde en fer, quadrilobée, ciselée en relief d'un sennin contemplant le croissant de la lune. Damasquinures d'or.

VI. — FAMILLE DES MYOCHIN

173. — Garde en fer, épaisse, à bord arrondi et ciselé en forme de tresse, ajourée d'un coutelas et d'une armoirie et ciselée d'un motif géométrique.

Signée : *Nobuiye.*

Très belle pièce dans le style des premiers maîtres armuriers.

XVIe siècle.

174. — Petite garde en fer, quadrilobée, ciselée d'un motif géométrique et ajourée d'une tortue stylisée.

Signée : *Nobuiye.*

XVIIe siècle.

175. — Garde en fer, quadrilobée, aux angles rabattus, ciselée de vrilles et de fleurs.

Signée : *Nobuiye.*

176. — Garde en fer, mince, bilobée, ciselée en léger relief de pièces de monnaie.

Signée : *Nobuiye.*

XVIe-XVIIe siècle.

177. — Garde en fer, quadrilobée, ciselée et ajourée d'un fruit de gourde et de son feuillage.

Signée : *Nobuiye.*

XVIIe-XVIIIe siècle.

178. — Grande garde en fer, ovale, ciselée en relief d'un dragon dans les nuages.

Pièce d'un très beau style.

XVIIe siècle.

179. — Garde en fer, aux bords rabattus, martelée et ciselée au trait rudement, d'un dragon sortant de la mer.

XVIIe-XVIIIe siècle.

180. — Garde en fer, à bord surélevé, et ajourée de l'armoirie du tomoe.

Reprise postérieure du style des gardes, dites « primitives » du XVe siècle.

181. — Garde en fer, quadrilobée, ciselée au trait de vrilles et ajourée de motifs décoratifs.

Signée : *Nobuiye.*

XVIIe siècle.

182. — Garde en fer, carrée, aux angles rentrants, ciselée en relief de motifs floraux.

Type dérivé du genre kamakura.

XVIe-XVIIe siècle.

183. — Garde en fer, circulaire, martelée rudement, et ajourée de motifs géométriques.

XVIIe-XVIIIe siècle.

184. — Garde en fer, quadrilobée, ciselée en manière de poinçons, de crevettes, les ajourages réservés pour le passage du kodzuka et des kogai ont été bouchés par des pièces de cuivre rouge, incrustées en or et skakudo de bambous et de chrysanthèmes.

XVIIIe siècle.

185. — Deux gardes en fer, ovales.

Signées : *Mimbu ki Munesada Myochin.*

186. — Garde en fer, rudement forgée et martelée, ciselée en creux d'armoiries et de caractères d'écritures.

187. — Garde en fer, repoussée et ciselée, en forme de valves de coquillage à double bourrelet.

Très belle pièce d'un Myochin du XVIIe siècle.

188. — Garde en fer, circulaire, martelée rudement et portant la trace de grossières incrustations de fils de cuivre.

189. — Deux gardes en fer, ovales, épaisses et massives.

Signées : *Myochin ki Sosatsu.*
Hisayoshi.

190. — Très grande garde en fer, quadrilobée, ciselée en léger relief de deux dragons, l'un dans les nuages et l'autre dans les flots de la mer.

Pièce martelée et forgée rudement, d'une qualité de métal admirable.

XVIIe siècle.

191. — Garde en fer, largement ajourée, à patine noire, polie.

192. — Garde en fer, ovale, ajourée et ciselée de deux étriers et d'un mors.

193. — Garde en fer, épaisse et massive, à bord perlé, ajourée en négatif d'un coutelas.

XVIIIe siècle.

194. — Garde en fer, carrée, massive, ajourée d'une fleur et de feuilles de paulownia.

VII. — FAMILLE DES SHOAMI

195. — Garde en fer, ciselée des vagues de la mer et incrustée en relief de shakudo d'argent et de bronze doré, de coquillages.

Signée : *Shigekatsu Shoami.*

XVIIIe siècle.

196. — Garde en fer, ciselée et incrustée de shakudo et d'or : bœuf couché.

Signée : *Morikuni Shoami*, habitant à Matsuyama dans la province de Iyo.

XVIIIe siècle.

197. — Garde en fer, ajourée de motifs décoratifs, damasquinée d'or.

Signée : *Iyesada Shoami*, en Iyo.

198. — Garde en fer, circulaire, incrustée en relief de bronze doré, de roseaux.

XVIIIe-XIXe siècle.

199. — Deux gardes en fer, ajourées et ciselées, damasquinées et incrustées de shakudo et d'or, l'une de motifs stylisés, l'autre d'un écureuil dans la vigne.

La première signée : *Shigenobu Shoami.*

200. — Garde en fer, ajourée et ciselée de deux petits personnages sous les pins. Incrustations fines de bronze et damasquinures d'or.

201. — Garde en fer, quadrilatérale, à angles arrondis, incrustée en léger relief de bronze jaune, d'un pont sous un saule.

202. — Deux gardes en fer, l'une incrustée en argent et bronze doré d'oies dans les roseaux, l'autre ciselée et incrustée de shakudo et bronze doré, d'un petit paysage.

XVIIIe-XIXe siècle.

203. — Garde en fer, ovale, ciselée en léger relief d'armoiries (mons des familles Tokugawa, Matsudaira, Hoshina, Ikeda et Hachisuka).

Signée : *Shoami.*

204. — Garde en fer, épaisse, quadrilatérale, ciselée et incrustée en fort relief de shakudo, d'un aigle perché sur un rocher au bord de la mer. Damasquinures de shakudo et d'or.

XIXe siècle.

205. — Garde en fer, ovale, ajourée et incrustée en shakudo et cuivre rouge d'armoiries.

Signée : *Shigemasa Chubei Shoami.*

XVIIIe-XIXe siècle.

206. — Garde en fer, ovale, ajourée en négatif d'un fruit de courge. Traces de damasquinures d'or.

XVIIIe siècle.

207. — Garde en bronze, ovale, ciselée et incrustée d'argent et de bronze jaune : pèlerin au pied du Fujiyama.

208. — Deux gardes en fer, incrustées de bronze, d'or et de shakudo : renard sous le croissant de la lune ; tige fleurie.

209. — Petite garde en fer, ovale, imitant la forme d'une valve de coquillages, incrustée en bronze et or de mollusques marins.

210. — Garde en shakudo, ovale, ciselée en relief et incrustée d'un hibou sur une branche de cerisier en fleur.

211. — Garde en fer, ciselée en fort relief et incrustée d'argent et de cuivre rouge et shakudo : Shoki poursuivant un démon. Damasquinures d'or.

Signée : *Shoami.*

212. — Garde en fer, représentant deux personnages, épaule contre épaule, qui examinent en riant un makemono déroulé. Incrustations de cuivre et shakudo, damasquinures d'or.

213. — Garde en fer, ovale incrustée en relief de cuivre rouge, d'argent et d'or de deux papillons au-dessus des herbes. Damasquinures d'or.

214. — Garde en fer, octogonale, ciselée et incrustée en shakudo et argent, d'un hibou sur un toit de chaume.

215. — Petite garde en bronze rouge, quadrilobée, incrustée en relief de shakudo et de bronze doré, d'une mante auprès de pousses de bambou.
XVIIIe siècle.

216. — Garde en bronze rouge, quadrilobée, ciselée et incrustée en fort relief de shakudo et shibuichi, d'une hache et de caractères d'écriture.
XVIIIe siècle.

217. — Garde en bronze rouge, ovale, ciselée et incrustée en relief de shakudo et bronze doré d'un feuillage de pin.

218. — Garde en shakudo, ovale, ciselée et incrustée en relief de cuivre rouge, argent, shibuichi et or : coquillages marins.
XVIIIe siècle.

219. — Garde en sentoku, largement ajourée, incrustée en relief de bronze rouge, shakudo et or : branches fleuries près d'une haie.

220. — Garde en fer, quadrilobée, rudement martelée de dépression, incrustée en fort relief, de bronze rouge, de deux tortues dans les herbes.
XVIIIe siècle.

221. — Deux gardes en fer, ajourées et incrustées.

VIII. — ATELIERS DE DAMASQUINEURS

222. — Garde en fer, circulaire, damasquinée d'or et de bronze rouge d'un grand dragon dans les nuages.
XVIIe siècle.

223. — Garde en fer, quadrilobée, à bord ciselé en manière de tresse, damasquinée d'or et d'argent : hirondelles de mer au-dessus des vagues.
XVIIIe siècle.

224. — Garde en fer, octogonale, épaisse et massive, damasquinée en argent et bronze jaune d'un grand dragon dans les nuages.

225. — Garde en fer, quadrilobée, damasquinée d'or et d'argent : dragons et nuages.

226. — Garde en fer, ovale, damasquinée en or de petits motifs circulaires, décoratifs.
XIXe siècle.

227. — Garde en fer, quadrilobée, damasquinée en argent de dragons dans les nuages.
XVIIIe siècle.

228. — Garde en fer, ovale, damasquinée en or de dragons.
XVIIIe-XIXe siècle.

229. — Garde en fer, ajourée d'éventails, portant en fines damasquinures d'or un paysage de pins.
XVIIIe-XIXe siècle.

230. — Garde en fer, ovale, damasquinée en argent d'un dragon.
Signée :

231. — Garde en fer, ovale, ciselée de shakudo, damasquinée en or et argent d'attributs et de dragons.
Très belle pièce du XVIIIe siècle.

232. — Garde en fer, quadrilobée, damasquinée en traits d'or d'un dragon menaçant dans les nuages.
XVIIIe siècle.

233. — Deux gardes en fer, l'une ovale, l'autre largement ajourée, damasquinées de dragons et de rinceaux.

234. — Petite garde en fer, ovale, richement damasquinée en or de motifs géométriques.
XVIIIe siècle.

235. — Grande garde en fer, à cinq lobes, damasquinée en traits d'argent d'une langouste enroulée sur elle-même.
Pièce admirable du XVIIIe siècle.

236. — Deux gardes en fer, ciselées et damasquinées de dragons et de nuages.
XVIII-XIXe siècle.

237. — Petite garde en fer, damasquinée en or et argent : coq, poule et poussins dans les herbes.
XVIIIe-XIXe siècle.

238. — Deux gardes en fer, ovales, l'une damasquinée d'un dragon, l'autre d'une cage et d'oiseaux.
La première est signée : *Kinai.*

239. — Garde en fer, quadrilobée, ciselée au trait et damasquinée en argent de feuilles et de vrilles.

240. — Garde en fer, ovale, en forme de coquille, damasquinée en or et argent de feuilles de bambous.
XVIIe siècle.

241. — Deux gardes en fer, ovales, ciselées au trait et damasquinées en argent : dragons. Le bord est cerclé d'une grecque damasquinée de fils d'argent.

242. — Garde en fer, circulaire, damasquinée finement en or, de vrilles et de fleurs stylisées de chrysanthèmes.

243. — Deux gardes en fer, l'une ovale, l'autre octogonale, damasquinées en or et en argent de dragons et de motifs décoratifs.

244. — Garde en fer, ovale, damasquinée eu argent de feuilles et de fleurs jetées sur un décor régulier.

XVIIe siècle.

245. — Garde en fer, quadrilobée, dont les bords ornés d'une grecque sont découpés en escalier. Damasquinée en or et argent de dragons opposés dans des rinceaux.

XVIIIe siècle.

246. — Garde en fer, ovale, largement ajourée. Le bord est orné en damasquinures d'argent d'une grecque, le plat de vrilles entrelacées.

247. — Garde en fer, octogonale, ornée sur son pourtour d'une grecque, damasquinée en argent et or de dragons et de rinceaux.

248. — Garde de type analogue à la précédente.

249. — Garde en fer, ovale, damasquinée en argent de dragons et de rinceaux fleuris.

XVIIe siècle.

250. — Petite garde en fer, ovale, damasquinée en or et argent d'une grue et d'une tortue marine, de pins et de bambous.

XVIIIe siècle.

IX. — FAMILLE DES UMÉTADA

251. — Garde en fer, circulaire, finement incrustée en argent d'un carré orné de stylisations décoratives.

Signée : *Shichizaemon Tachibana Shigeyoshi Umetada.*
XVIIIe siècle.

252. — Garde en fer, ajourée et ciselée, incrustée de bronze et damasquinée d'or : chrysanthèmes.

Signée : *Shigeyoshi Kazuma no suke Umetada.*
XVIIIe siècle.

253. — Garde en fer, circulaire, incrustée en relief de bronze jaune, finement ciselée de chrysanthèmes.

Style de *Kioto.*

254. — Garde en fer, quadrilobée, damasquinée d'or, dans les réserves des armoiries à la fleur de paulownia.

Signée : *Mioju Umetada.*
XVIIIe-XIXe siècle.

255. — Garde de grand sabre, en fer, à huit lobes, incrustée en fort relief de fer d'un éventail et d'un makemono à demi-déroulé. Fines incrustations d'or.

Pièce admirable du XVIIIe siècle, d'une forge parfaite.

256. — Garde en fer, quadrilobée, ciselée d'une inscription et incrustée en relief de bronze d'un fruit de kaki. Damasquinures d'or.

XVIII-XIXe siècle.

257. — Garde en fer, quadrilobée, incrustée en léger relief sur son pourtour d'un motif décoratif rappelant le dessin d'une peau de serpent.

XVIIIe siècle.

258. — Garde en fer, ciselée de fleurs et de feuilles de chrysanthèmes. Damasquinures d'or.

259. — Deux gardes en fer, ciselées en relief, l'une incrustée d'or et d'argent, l'autre finement damasquinée : branches fleuries de cerisiers ; dragon dans les nuages.

260. — Deux gardes en fer, ciselées et finement incrustées d'or et d'argent : branche fleurie, fleurs de cerisiers.

261. — Deux gardes en fer, l'une bilobée, l'autre quadrilobée, ciselées et incrustée de fleurs et de fruits.

L'une est signée : *Umetada*.

262. — Petite garde quadrilobée, en bronze rouge, finement incrustée à plat, en shakudo et or, d'un grillon dans les chrysanthèmes.

XVIIIe siècle.

263. — Garde en fer, ciselée et incrustée en fort relief de bronze rouge, or et argent, de Daruma accroupi, un chasse-mouche à la main.

XVIIIe-XIXe siècle.

264. — Garde en fer, ovale, ajourée et incrustée en très léger relief d'argent doré, de vrilles et de fleurs.

XVIIIe siècle.

265. — Deux gardes en fer, ciselées de fleurs de chrysanthèmes et d'armoiries au paulownia.

XVIIIe-XIXe siècle.

266. — Garde en fer, épaisse, ajourée et ciselée d'écureuils dans la vigne.

267. — Garde en fer, à sept pans, incrustée en relief de shakudo, bronze rouge et or, d'un casque de guerrier et d'un éventail.

XVIIIe siècle.

268. — Garde en fer, quadrilobée, ciselée en relief de Daruma accroupi en méditation. Ornée sur son pourtour d'une guirlande d'incrustation dorée.

269. — Garde en fer, circulaire, ajourée et incrustée sur son pourtour d'une suite d'armoiries au paulownia.

XVIIIe siècle.

270. — Garde en fer, circulaire, ajourée et ciselée d'une armoirie au paulownia.

XVIIIe siècle.

271. — Garde en fer, ovale, ajourée et incrustée en léger relief de fils d'argent : fleurs de paulownia.

272. — Garde en fer, quadrilobée, ciselée en relief puissant de fleurs de pivoines.

XVIIIe siècle.

273. — Garde en fer, ovale, à bord surélevé, incrustée en fort relief de shakudo et or, d'une boîte, d'une pipe et d'un balai de plumes.

XVIIIe siècle.

274. — Garde en fer, ovale, ciselée et incrustée très finement en bronze rouge, argent et or, d'un renard dévorant un oiseau près de meules de paille.

XVIIIe siècle.

275. — Garde en fer, quadrilobée, cerclée sur son pourtour d'une bande de bronze jaune, incrustée en relief de bronze rouge, de shakudo et d'argent d'une tête de chimère et de flèches.

XVIIIe siècle.

276. — Garde en fer, ciselée et incrustée en relief d'argent et de bronze rouge, d'un inro et de son netzuké. Damasquinures d'or.

277. — Garde en fer, ovale, incrustée en léger relief de bronze jaune, cuivre rouge, shakudo et argent, d'une branche de cerisier en fleurs.

Pièce d'un très beau coloris.

XVIIIe siècle.

278. — Garde en fer, quadrilobée, ciselée en relief, d'un oiseau perché sur le bord d'un baquet. Damasquinures d'or.

279. — Garde en fer, quadrilobée, à bord surélevé, damasquinée en or et argent sur sa tranche.

280. — Garde en fer, ovalaire, largement ajourée, incrustée en argent de fleurs de prunier.

XVIIIe-XIXe siècles.

281. — Garde en fer, ovale, ciselée et incrustée en shakudo, bronze rouge et shibuichi de branches de chêne. Damasquinures d'or.

XVIIIe siècle.

282. — Garde en fer, damasquinée de caractères d'écriture.

283. — Deux gardes en fer, l'une ovale, l'autre quadrilobée, ciselées et incrustées de dragons et de nuages. Damasquinures d'or.
xviiie-xixe siècles.

284. — Garde en fer, ovale, ciselée en creux de fleurs de cerisier.
xviiie siècle.

285. — Garde en fer, ciselée en léger relief de libellules damasquinées d'or.

286. — Garde en fer, quadrilatérale, ciselée au trait de feuilles et de fleurs de glycine damasquinées d'argent.

287. — Deux gardes en fer, ciselées et damasquinées en or et argent : dragons, pétales de fleurs.

288. — Garde en fer, ovale, ciselée en fort relief et incrustée d'or et d'argent, d'un cerisier en fleurs.

289. — Garde en fer, ciselée en léger relief d'un dragon dans les nuages. Damasquinures d'or et d'argent.

290. — Garde en bronze, quadrilobée. La surface est ciselée en forme d'un natté serré, la tranche damasquinée d'or.
xviiie siècle.

291. — Garde en fer, quadrilobée, damasquinée en or et argent, de roues dans les herbes.
xviiie siècle.

292. — Garde en fer, quadrilobée, incrustée en relief d'argent et de bronze doré, de branches fleuries.

X. — MARUBORI

293. — Garde en fer, ovale, ajourée et ciselée d'un chapeau de pèlerin et de deux ombrelles, incrustée en léger relief de cuivre sur son pourtour.
xviie siècle.

294. — Garde en fer, d'un décor analogue, mais d'époque postérieure.

295. — Garde en fer, ajourée et ciselée de singes dans les branches d'un pin.
xvi-xviie siècle.
Influence des *Shoami*.

296. — Garde en fer, ajourée et ciselée : singe dans les branches, cherchant à saisir un fruit de kaki.
xviie siècle.

297. — Garde en fer, de décor analogue.
Mais un peu postérieure.

298. — Garde en fer, ovale, ajourée et ciselée d'un papillon stylisé. Incrustation de fils de cuivre.
XVIIe siècle.

299. — Garde en fer, ajourée et ciselée de deux libellules.

300. — Garde en fer, ajourée et ciselée de tiges et de feuilles de bambous.

301. — Garde en fer, ajourée et ciselée d'un décor de feuilles régulièrement disposées. Fines damasquinures d'or.

302. — Garde en fer, ajourée et ciselée de bambous.

303. — Garde en fer, ovale, ajourée et ciselée de chrysanthèmes le long d'une haie vermoulue. Fines damasquinures d'or.
XVIIIe siècle.

304. — Garde en fer, ovale, ajourée et ciselée d'une grue au-dessus d'un cerisier en fleurs. Damasquinure d'or.

305. — Garde en fer, ovale, ajourée et ciselée des ustensiles pour la cérémonie du thé.
XVIIIe siècle.

306. — Garde en fer, ajourée et ciselée de deux oiseaux Hô enroulés.

307. — Deux gardes en fer, ovales, ajourées et ciselées.

308. — Garde en fer, ovale, ajourée et ciselée d'un vase, d'un brûle-parfum et de caractères d'écriture.
XVIIIe siècle.

XI. — PROVINCE DE OMI

Les Soten

309. — Garde en fer, circulaire, ajourée et ciselée d'un dragon sortant des flots de la mer ; finement incrustée et damasquinée d'or et d'argent.
Signée : *Nyudo, Soten, Soheishi, à Hikone en Omi.*

310. — Garde ovale, en shakudo, à fond de nanako, ciselée en relief de cavaliers et de fantassins luttant au pied d'un château-fort ; finement incrustée de cuivre rouge et d'argent, damasquinée d'or.
Signée : *Nyudo, Soten, Soheishi.*
XVIIIe siècle.

311. — Garde ovale, en shakudo, à fond de nanako, ciselée en fort relief de deux cavaliers : l'un passe une rivière à la nage, l'autre, son arc aux dents, l'examine de la rive ; finement incrustée de cuivre rouge et d'argent, damasquinée d'or.

Signée : *Nyudo, Soten, à Hikone en Omi.*

312. — Garde en fer, ovale, ajourée et ciselée : les Sages dans la forêt de bambous ; incrustée d'argent et de cuivre rouge, finement damasquinée d'or.

Signée : *Soten, Soheishi, Nyudo.*

313. — Garde en fer, ovale, ajourée et ciselée d'un personnage, une torche à la main, sous les pins ; incrustée de shakudo, damasquinée d'or.

Signée : *Soten, Nyudo, à Hikone.*

XVIIIe siècle.

314. — Garde en fer, ovale, ajourée et ciselée de guerriers combattant ; incrustée de shakudo et cuivre rouge, damasquinée d'or.

Signée : *Soten, Soheishi, Nyudo.*

315. — Garde ovale, en shakudo, à fond de nanako, ciselée et incrustée de deux cavaliers, l'un passant un gué à la nage, l'autre sur la rive. Damasquinures d'or.

Signée : *Nyudo, Soten, Soheishi.*

316. — Garde en fer, ovale, ajourée et ciselée : les Sages dans la forêt de bambous ; incrustations de shakudo et d'argent. Fines damasquinures d'or.

Signée : *Nyudo, Soten, Soheishi, à Hikone en Omi.*

317. — Deux gardes en fer, ovales, ajourées et ciselées de scènes guerrières, incrustées de bronze et damasquinées d'or.

Signées : *Soten, Nyudo.*
et *Soten à Hikone.*

318. — Deux gardes en fer, ovales, ajourées et ciselées de personnages sous les bambous et les pins ; incrustées de bronze, damasquinées d'or.

Signées : *Soten, Soheishi, Nyudo.*

319. — Garde en fer, ovale, ajourée et ciselée de Daruma accroupi, en méditation ; incrustations de shakudo et d'or, damasquinures légères.

XVIIIe siècle.

320. — Deux gardes en fer, l'une cerclée de shakudo, ajourées et ciselées : dragons dans les vagues ; petits personnages sous les pins. Incrustations d'argent et de bronze, damasquinures d'or.

321. — Garde en fer, ciselée et incrustée en or et shakudo d'un cavalier sur un pont, au-dessus des vagues, où nage un dragon portant sur son dos un petit personnage.

Signée : *Shigenori.*

322. — Garde en fer, circulaire, ajourée et ciselée d'un petit personnage dans une barque, sous les pins ; incrustée de shakudo et de bronze rouge, finement damasquinée d'or.

Signée : *Kotoken Tsutsui Yoshitomi.*

323. — Garde en shakudo, ovale, ajourée et ciselée de personnages sous les bambous ; incrustations de cuivre rouge, damasquinures d'or.

Signée : *Masashige à Hikone en Omi.*

324. — Garde en fer, ovale, ajourée et ciselée des Sages dans la forêt de bambous ; incrustations de bronze et damasquinures d'or.

XVIIIe siècle.

325. — Garde en fer, ajourée et ciselée d'un guerrier à cheval traversant un pont ; au-dessous, personnage luttant avec un dragon qui se tord dans les flots. Damasquinures d'or et incrustations de bronze rouge.

XVIIIe siècle.

326. — Deux gardes en fer, ajourées et ciselées, l'une d'un dragon dans les nuages, l'autre d'un lion bouddhique et de pivoines.

327. — Deux gardes en fer, l'une ovale, l'autre quadrilobée, ciselées et ajourées de personnages assis sous les pins ; incrustations de bronze et fines damasquinures d'or.

328. — Garde en fer, quadrilobée, ajourée et ciselée de guerriers, abordant au sortir des flots, sur une place plantée de pins ; incrustations de shakudo et de bronze rouge, damasquinures d'or.

329. — Garde en fer, quadrilobée, ajourée et ciselée des Sages dans la forêt de bambous ; fines incrustations de shakudo et bronze rouge, damasquinures d'or.

XVIIIe siècle.

330. — Deux gardes en fer, ovales, ajourées et ciselées : tigres dans les bambous ; petits personnages sous les pins. Incrustations et damasquinures.

331. — Deux gardes en fer, l'une ovale, l'autre quadrilobée, ajourées et ciselées : l'une d'un démon poursuivant un guerrier, l'autre de deux dragons.

332. — Garde en fer, ovale, ajourée et ciselée de deux petits personnages sous les pins, contemplant un combat de coqs ; incrustations de shakudo et bronze rouge, damasquinures d'or.

Signée : *Soheishi, Nyudo, Soten, à Hikone en Omi.*

333. — Deux gardes en fer, ajourées et ciselées : l'une d'un dragon, l'autre de petits personnages dans la campagne.

334. — Deux gardes, l'une en fer, l'autre en sentoku, ajourées et ciselées : guerriers combattant ; petits personnages sous les pins.

335. — Deux gardes en fer, ovales, ajourées et ciselées : guerriers combattant; incrustations de bronze rouge et d'argent, damasquinures d'or.
Signées : *Soten*, *Soheishi*.

336. — Deux gardes en fer, ovales, ciselées et gravées.
Signées : *Tsuguhide*, *Omi no Kami*.

XII. — FAMILLES DES GOTO-NOMURA

337. — Garde en shakudo, quadrilobée, à fond de nanako, incrustée en relief d'or sur son pourtour d'une suite d'armoiries à la fleur de paulownia.
XVIIIe siècle.

338. — Garde analogue, plus petite.
XVIIIe siècle.

339. — Garde en shakudo quadrilobée à fond de nanako, ciselée en relief et incrustée d'or : Sages dans la forêt de bambous.

340. — Petite garde en shakudo, ovale, à fond de nanako, ciselée et incrustée en or, sur sa tranche, de branches fleuries.
XVIIIe siècle.

341. — Garde en shakudo, ovale, à fond de nanako, ciselée en relief et incrustée d'or : personnage tenant un cheval par la bride et interrogeant un enfant, au pied d'une cascade, sous les pins.

342. — Garde en shakudo, quadrilobée, ciselée en relief et dorée : dragon se tordant dans les flots de la mer.

343. — Garde en shakudo, à fond de nanako, ciselée en relief doré de fleurs de paulownia.

344. — Garde en shakudo, quadrilobée, à fond de nanako, ciselée en relief doré d'un personnage assis sur une terrasse, au milieu des pivoines.

345. — Petite garde en bronze rouge, ajourée et ciselée, incrustée en relief de shakudo : petit personnage assis sous les pins, au bord de la mer.

346. — Petite garde de poignard, en shakudo, ciselée et damasquinée d'or : pièces du jeu de go, portant des inscriptions; au milieu des chrysanthèmes.

347. — Garde en shakudo, quadrilobée, ciselée en relief d'un dragon doré dans les flots de la mer.

348. — Garde en fer, quadrilobée, ciselée en creux et incrustée à plat en argent de branches fleuries de prunier.

349. — Garde en bronze rouge, quadrilobée, ciselée en fort relief et incrustée d'or : dragon.

350. — Garde en fer, quadrilobée, ajourée et ciselée de chrysanthèmes. Damasquinures d'or.

XVIIIe-XIXe siècle.

351. — Garde en bronze, quadrilatérale, à fond ciselé en imitation de peau de serpent, incrustée de médaillons décorés de chimères.

352. — Garde en fer, à six lobes, ajourée et ciselée de dragons. Damasquinures d'or.

353. — Garde en sentoku, ajourée et ciselée d'un dragon enroulé sur lui-même. Damasquinures d'or.

354. — Garde en bronze, ovale, ajourée de nuages et d'oiseaux. Damasquinée d'or sur la tranche.

355. — Garde en shakudo, quadrilobée, à fond de nanako, ciselée et damasquinée d'or : dragons dans les nuages.

XVIIIe-XIXe siècle.

356. — Garde en cuivre rouge, cerclée de shakudo, ciselée au trait et en creux de chrysanthèmes. Damasquinures d'or.

XVIIIe siècle.

357. — Garde en bronze, quadrilobée, ciselée et incrustée : motifs fleuris.

358. — Garde en fer, ajourée et ciselée d'un dragon enroulé sur lui-même.

359. — Garde en cuivre rouge, ciselée en fort relief de deux lions bouddhiques affrontés. Au revers, une pivoine.

360. — Garde en sentoku, ajourée et ciselée d'un dragon enroulé sur lui-même.

361. — Garde en fer, ovale, ajourée et ciselée finement de pivoines en fleurs. Damasquinures d'or.

Signée : *Tsunemasa Goto.*

XVIIIe siècle.

362. — Garde en shakudo, quadrilobée, à fond de nanako, incrustée en relief de bronze rouge et or, sur son pourtour, d'une guirlande fleurie.

XVIIIe siècle.

363. — Garde en shakudo, ajourée et ciselée d'un dragon, d'un lion bouddhique et d'un lièvre. Les oreilles du lièvre cerclent la garde. Fines damasquinures d'or.

XVIIIe siècle.

364. — Garde en shakudo, quadrilobée, ajourée et ciselée des vagues de la mer. Fines incrustations de points d'or. Deux dragons ciselés sont enroulés sur le pourtour de la garde.

365. — Garde en sentoku, ajourée et ciselée d'un dragon stylisé.

366. — Petite garde en shibuichi, incrustée en relief de bronze rouge, de shakudo et d'or, d'un oiseau et de fruits de kaki.

Signée : *Tomoyoshi Nomura.*

(Artiste qui vivait à Tokushima, dans la province de Awa, au XVIIIe siècle. Fils de *Masanori*).

367. — Garde en shakudo, ovale, ajourée et ciselée de guerrier sous les pins. Incrustations de cuivre rouge, d'argent et d'or.

368. — Garde en shibuichi, ovale, ciselée en léger relief et incrustée d'or : branches de prunier fleuri.

369. — Garde en shakudo, à fond de nanako, ciselée et incrustée d'or : torii au pied des montagnes.

XIII. — PROVINCE DE ECHIZEN

Les Kinai

370. — Garde en fer, ajourée et ciselée de coquillages marins.

Signée : *Kinai, province de Echizen.*

XVIIIe siècle.

371. — Garde en fer, ajourée et ciselée d'un dragon enroulé sur lui-même.

Signée : *Kinai, en Echizen.*

372. — Garde en fer, ajourée et ciselée de feuilles et de fleurs de mauve. Damasquinures fines d'or.

Signée : *Kinai, habitant en Echizen.*

373. — Deux gardes en fer, ajourées et ciselées de feuilles de mauve. L'une est ornée de fines damasquinures d'or.

Signées : *Kinai, en Echizen.*

374. — Garde en fer, ajourée et ciselée de coquillages marins.

Signée : *Kinai, en Echizen.*

375. — Trois gardes en fer, ajourées et ciselées de tiges et de feuilles.

Signées : *Kinai, en Echizen.*

376. — Deux gardes en fer, ajourées et ciselées de dragons enroulés.

Signées : *Kinai, en Echizen.*

377. — Deux gardes en fer, ajourées et ciselées de feuilles de mauve. Fines damasquinures d'or.

Signées : *Kinai, en Echizen.*

378. — Deux gardes en fer, circulaires, ajourées et ciselées de motifs divers.
Un est signée : *Kinai, en Echizen.*

379. — Garde en fer, circulaire, ajourée et ciselée d'un grand dragon enroulé sur lui-même. Damasquinures d'or.

380. — Garde en fer, ovale, ajourée et ciselée de feuilles et de fruits.

381. — Garde en fer, ovale, ajourée et ciselée de vigne.
Signée : *Kinai, en Echizen.*

382. — Deux gardes en fer : l'une ciselée d'un champignon, l'autre ajourée et ciselée d'épis.
Signées : *Kinai, en Echizen.*

383. — Deux gardes en fer, ciselées et ajourées en forme de dragons enroulés sur eux-mêmes.
Un est signée : *Kinai, en Echizen.*

384. — Garde en fer, ajourée et ciselée de feuilles.
XVIIIe-XIXe siècles.

385. — Garde en fer, ovale, ajourée et ciselée de coquillages marins.
Signée : *Kinai, en Echizen.*
XVIIIe siècle.

XIV. — PROVINCE DU HIZEN

386. — Garde en fer, ovale, ciselée de petits personnages dans la campagne. Fines incrustations de bronze et d'argent. Damasquinures d'or.
Signée : *Ryuunken Koretaka Kiyosanjin Jakushi.*
(Ateliers de Nagasaki.)
XVIIIe siècle.

387. — Deux gardes en fer, ovales, ciselées en léger relief de dragons dans les nuages. Damasquinures d'or.
Signées : *Jakushi.*

388. — Garde en fer, ovale, ciselée et incrustée en shakudo, or et argent, de petits personnages dans la campagne. Damasquinures d'or.
Influence des *Shoami.*

389. — Garde en fer, ovale, ajourée et ciselée et incrustée de petits personnages sur un pont, sous les pins.

XV. — PROVINCE DE NAGATO

390. — Garde en fer, ovale, ciselée en léger relief, d'un paysage au bord de la mer, animé de petits personnages.

Signée : *Tomohisa, à Hagi en Nagato.*
(Artiste de la famille Yamichi.).

XVIIIe siècle.

391. — Garde en fer, ovale, ciselée en léger relief d'une maison au pied de montagnes, sur le bord de la mer.

Signée : *Tomohisa, à Hagi en Nagato.*
(Id.)

392. — Garde en fer, ovale, ajourée et ciselée de feuillages et de vrilles.

Signée : *Sadatsugu (Hiakuden, Jinyemon, à Hagi en Nagato.*

XVIIIe siècle.

393. — Garde en fer, ciselée et incrustée finement de bronze et d'argent : guerriers à genoux, implorant un saint personnage assis sous un pin.

Signée : *Toyotomi, à Hagi en Nagato.*

394. — Deux gardes en fer, ajourées et ciselées de tiges de jones et de feuilles de bambous.

Signées : *Masasada, en Nagato.*
Tomohisa, en Nagato.

395. — Garde en fer, ovale, ciselée en léger relief d'un paysage : château-fort au pied des collines, sur le bord de la mer.

Signée : *Tomonobu.*

396. — Garde en fer, ovale, ciselée en léger relief de chevaux.

397. — Garde en fer, ciselée en bordure d'une grecque, ajourée et ciselée d'hirondelles de mer au-dessus des flots.

Signée : *Shigetsune, habitant à Hagi.*

398. — Deux gardes en fer, ajourées et ciselées, l'une de coquillages marins, l'autre des vagues de la mer.

Signées : *Morihiro, à Hagi en Nagato.*
Yukiyoshi, à Hagi en Nagato.

XVIII-XIXe siècle.

399. — Garde en fer, ovale, ciselée d'un personnage halant une barque. Au dos, un autre personnage abrité sous un parapluie s'engage sur un pont.

XVIIIe siècle.

400. — Trois gardes en fer, ajourées et ciselées de motifs floraux.
Signées : *Kawaji, à Hagi en Nagato.*
Tomokata en Nagato.
Tomokiyo, à Hagi en Nagato.

401. — Garde en fer, ciselée en relief d'un personnage assis sous un érable, au bord de la mer.
Signée : *Kawagi, à Hagi en Nagato.*
(Nom d'une famille d'illustres ciseleurs de la province de Nagato).
XVIIIe-XIXe siècle.

402. — Deux gardes en fer, ajourées et ciselées de pivoines en fleurs.
Signées : *Kawaji, à Hagi en Nagato.*

403. — Garde en fer, ajourée et ciselée d'un motif décoratif. Traces de damasquinures d'argent.
Signée : *Tomochika Gonnojo Kawaji, à Hagi en Nagato.*
XIXe siècle.

404. — Garde en fer, ajourée et ciselée de pivoines en fleurs.
Signée : *Kiyoshige Kawaji, à Hagi en Nagato.*

405. — Garde en fer, ajourée et ciselée de chrysanthèmes stylisés.
Signée : *Tomohisa Hachido Sakunoshin, à Hagi en Nagato.*
(Artiste de la famille *Yamichi*).
XVIIIe siècle.

406. — Garde en fer, ajourée et ciselée de fleurs de chrysanthèmes. Légères damasquinures d'or.
Signée : *Tomohisa, à Hagi en Nagato.*
XIXe siècle.

407. — Petite garde en fer, ovale, ajourée et ciselée : moineaux au-dessus des épis.
Signée : *Tomomasa, à Hagi en Nagato.*

408. — Garde en fer, ciselée en léger relief d'un personnage au bord de la mer.

409. — Garde en fer, ovale, incrustée en léger relief de shirome de fleurs et de vrilles.
Signée : *Naomitsu, habitant Hagi en Nagato.*

410. — Garde en fer, ovale, ciselée en relief d'un vieillard assis sous un arbre en fleurs.
Signée : Forgée par *Suishinshi.*
Ciselée par *Yoshitane.*

411. — Garde en fer, ovale, ajourée et ciselée d'une branche de prunier en fleurs.

412. — Garde en fer, ovale, ajourée et ciselée d'un cavalier sur un pont. Au-dessous, un guerrier court, son sabre à la main.

Signée : *Yukitaka Fujii, en Nagato.*

(Artiste des *Fujii*, vivant à Hagi, à la fin du XVIIIe siècle. Fils de *Yukinaga.*)

413. — Garde en bronze, ovale, ciselée au trait d'un petit paysage au pied des montagnes (Chohan, domaine des daimyos de Nagato).

Signée : *Yukitoshi Nakahara.*

Ere Bunkwa (1804-1817).

(Artiste de la famille *Nakahara*, à Hagi, en Nagato.)

414. — Garde en fer, ajourée et ciselée d'une branche enroulée.

Signée : *Tomoyuki, habitant Hagi, en Nagato.*

(Nom porté par deux artistes de la famille *Nakai*, au XVIIIe siècle.)

415. — Deux gardes en fer, ajourées et ciselées : feuilles enroulées; roue de moulin.

Signées : *Tomokata, en Nagato.*

Naokatsu.

XVI. — ILE DE SADO

416. — Garde en fer, ovale, ajourée et ciselée de feuilles de bambous.

Signée : *Toshisada, habitant l'île de Sado.*

417. — Garde en fer, ovale, ajourée en négatif de motifs décoratifs.

Signée : *Toshinori, habitant l'île de Sado.*

XVII. — PROVINCE DE OWARI

418. — Garde en fer, ovale, ciselée en léger relief de caractères d'écriture.

Signée : *Norisuke, province de Owari.*

(Artiste habitant à Nagoya.)

419. — Garde en fer, à six côtés, ajourée de motifs décoratifs.

Signée : *Norisuke, en Owari.*

420. — Garde en fer, ciselée en forme d'une couronne de fleurs de chrysanthème.

421. — Garde en fer, ajourée d'une série d'éventails régulièrement disposés en cercle.

XVIIIe siècle.

422. — Garde en fer, ovale, ajourée de motifs floraux stylisés.

423. — Garde en fer, de forme irrégulière, ajourée des branches d'un pin. XVIIIe siècle.

XVIII. — PROVINCE DE HITACHI

424. — Garde en fer, carrée, ajourée et finement ciselée, d'un pêcheur, ligne à la main, assis sous un pin.

Signée : *Michinaga, habitant Mito.*

(Mito : nom de ville dans la province de Hitachi.)

XVIIIe-XIXe siècle.

425. — Garde en fer de grand sabre, épaisse et massive, ajourée d'un coutelas, incrustée en fort relief sur une face d'un crabe en cuivre rouge, sur l'autre face d'une grenouille en fer; damasquinée d'or et d'argent.

Très belle pièce du XVIIIe siècle.

426. — Garde en fer, épaisse, incrustée en fort relief de bronze doré d'un grand dragon dans les nuages.

XVIIIe siècle.

427. — Garde de grand sabre en fer, bilobée, ciselée en fort relief de deux épées, incrustée au revers d'un croissant de lune en argent.

XVIIIe siècle.

428. — Garde en fer, quadrilobée, ciselée et incrustée en relief de bronze rouge et d'argent d'un dragon dans les nuages.

XVIIIe siècle.

429. — Garde en fer, ovale, ajourée et ciselée d'un dragon enroulé.

Signée : *Tomoyoshi Ichiriu.*

(Nom porté par plusieurs ciseleurs installés aux XVIIIe et XIXe siècles à Mito, en Hitachi.)

430. — Garde en fer, épaisse et massive, ciselée en relief d'un dragon dans les nuages, sous la pluie. Damasquinures d'or.

431. — Garde en fer, incrustée en relief de bronze jaune d'un lion bouddhique et de nuages.

432. — Garde en fer, incrustée en fort relief de bronze jaune d'un dragon menaçant.

433. — Garde en cuivre rouge, ovale, cerclée de shakudo, ajourée et incrustée en shakudo et bronze jaune, d'une mouche et d'unearaignée au milieu de feuilles de bambous.

XVIIIe siècle.

434. — Garde en fer, ciselée et incrustée en relief d'argent et de bronze jaune, d'une libellule et de feuilles d'érable. Damasquinures d'or.

XVIIIe siècle.

435. — Garde en fer, incrustée en fort relief de bronze jaune et d'argent d'un lion bouddhique et de pivoines.

XVIIIe siècle.

436. — Garde en fer, ovale, ciselée en relief et incrustée de shakudo : bambous.

xviiie siècle.

437. — Garde en fer, dont le fond est ciselé en imitation d'un vieux bois, incrustée en argent et bronze jaune d'une libellule dans une toile d'araignée.

438. — Garde en fer, incrustée en relief de bronze doré, argent et cuivre rouge : lion bouddhique, pivoine et papillon.

439. — Garde en fer, en forme de losange, à bords épais et rabattus, incrustée en très fort relief de bronze d'un tigre. Damasquinures d'argent sur la tranche.

440. — Garde en fer, quadrilobée, ciselée en relief d'une araignée, et incrustée en fort relief de bronze jaune d'une libellule.

441. — Garde en fer quadrilobée, incrustée en relief de bronze doré et d'argent : papillon au-dessus des fleurs.

442. — Garde en fer, ovale, ajourée et ciselée de feuilles enroulées. Damasquinures d'or.

Signée : *Tankasai Motoaki.*

(Artiste de la famille *Suzuka*, qui vivait à Mito, en Hitachi, au commencement du xixe siècle.)

XIX. — FAMILLE DES YOKOYA-YANAGAWA

443. — Petite garde en shibuichi, gravée d'un petit personnage, la tête renversée en arrière, regardant au ciel.

Signée : *Somin.*

444. — Garde en shibuichi, ovale, gravée et ciselée d'un sennin avec son cerf. Incrustations d'or.

Signée : *Somin.*

445. — Garde en bronze rouge, en forme de losange, gravée d'un dragon dans les nuages.

xviiie siècle.

446. — Garde en shibuichi, ciselée et gravée d'un sennin assis dans la campagne, son cerf à ses pieds. Incrustations d'or.

Signée : *Soyo.*

447. — Garde en bronze rouge, gravée et ciselée en creux d'un tigre sous les bambous.

xviiie siècle.

448. — Petite garde quadrilatérale, à bord surélevé, gravée d'un mortier et de son pilon. Fines damasquinures d'or.

Signée : *Haruaki Hogen.*

(Artiste de la famille *Kono*, à Yedo, au xixe siècle. Élève de *Naoharu* des *Yanagawa.*)

XX. — FAMILLE DES NARA

449. — Garde en fer, ovale, le bord ciselé en manière de tresse, représentant un pèlerin, son bâton à la main, sous un pin. Incrustations fines d'or et d'argent.

Signée : *Toshinaga Nara.*

(Nom de deux artistes de la famille des *Nara*, à Yedo, au XVIIIe siècle).

450. — Petite garde en fer, ovale, incrustée en relief de shakudo, cuivre rouge et or, d'un hibou sur une branche d'arbre.

XVIIIe siècle.

451. — Garde en fer, quadrilobée, ciselée en léger relief et incrustée finement d'or : hirondelles de mer au-dessus des vagues.

XIXe siècle.

452. — Garde en fer, ovale, épaisse, ciselée en relief plongeant de
Au revers, un coq. Incrustations de cuivre rouge et damasquinures d'or.

Signée : *Joi.*

(Nom d'un artiste des *Nara*, vivant à Yedo, au XVIIIe siècle.)

453. — Deux petites gardes en fer, quadrilobées, ciselées et incrustées en relief de bronze, d'or et d'argent : faisans sous un pin. Pièces d'armure.

XIXe siècle.

454. — Garde en sentoku, ciselée et incrustée en relief de shakudo : cormorans sur les flots de la mer.

Signée : *Nagaharu Nara.*

455. — Garde en fer, ovale, à bord surélevé, incrustée en relief de cuivre rouge, shakudo et or, d'un singe tirant par une corde un énorme fruit de kaki.

XVIIIe siècle.

456. — Petite garde en fer, quadrilobée, ciselée et incrustée en fort relief de shibuichi, shakudo et bronze doré : coq sur un bambou.

457. — Garde en fer, ciselée en léger relief d'un éléphant. Les défenses sont en shirome (alliage de plomb). Larges damasquinures d'or.

Signée : *Yasuchika.*

(Nom porté par six artistes des *Nara*, à Yedo, du XVIIIe au XIXe siècle.

458. — Petite garde, en forme de croix, incrustée en relief de shakudo et bronze doré, d'une libellule au-dessus des liserons.

XVIIIe-XIXe siècle.

459. — Garde en fer, ovale, incrustée en fort relief de bronze doré, de shakudo et d'argent, d'un chien dans les chrysanthèmes.
xviiie siècle.

460. — Garde en fer, circulaire, ajourée et ciselée de branches et de feuillages.
Signée : *Shigenaga Nara, à Yedo.*
(Élève de *Shigemitsu Nara*).
xviiie siècle.

461. — Deux gardes en fer, ciselées en reliefet incrustées de shakudo et bronze doré : paysage ; la corde, le sceau et la poulie d'un puits au pied d'un arbre.

462. — Petite garde en fer, ovale, incrustée en relief de shakudo et bronze jaune, d'un lapin dans les prêles.
xviiie siècle.

463. — Garde en sentoku, en forme de trapèze, incrustée en relief d'argent et de bronze doré d'une grue s'abattant dans les roseaux.

464. — Garde en sentoku, circulaire, ciselée et incrustée en relief de shakudo d'oiseau de mer volant au-dessus des vagues.
xviiie siècle.

465. — Garde en sentoku, quadrilatérale, ciselée au trait et incrustée en léger relief de shakudo et d'or : Shoki poursuivant l'épée à la main un démon.
Style de *Joi.*
xviiie siècle.

466. — Petite garde en sentoku, ovale, incrustée en relief de shakudo, or et bronze rouge, de volubilis en fleurs.
xviiie siècle.

467. — Garde en fer, ovale, ciselée en fort relief d'un personnage debout, portant un panier. Incrustations de bronze rouge, shakudo et argent.

468. — Garde en bronze rouge, ciselée au trait et incrustée de shakudo et d'or : personnage irrité, levant son bâton dans un geste de menace.

469. — Petite garde en bronze, ovale, incrustée en relief de shakudo et or d'un fruit de gourde, de feuilles et de vrilles.
xviiie siècle.

470. — Garde en bronze rouge, cerclée de shakudo, ciselée d'un personnage accroupi à l'entrée d'une grotte et qui lève ses deux mains vers le ciel. Incrustations d'or.

471. — Deux gardes en fer, incrustées en shakudo, bronze d'or et d'argent : bœufs sous un arbre ; pousses de bambous.

472. — Petite garde de fer, ovale, en shakudo, ciselée et incrustée en relief de shibuichi, argent et or, de grues sous un saule.

473. — Garde en fer, incrustée en relief de shakudo, bronze rouge et cuivre, d'un chien aboyant après une libellule.
xviiie-xixe siècle.

474. — Deux gardes en fer, ovales, ciselées et incrustées : dragon dans les nuages ; oiseaux au vol.

475. — Petite garde en sentoku, ovale, incrustée en fort relief de shakudo, bronze rouge et or, d'un bœuf. Au ciel, un oiseau.
Signée : *Nara Hiroshige.*

476. — Garde en fer, ovale, ciselée et incrustée en relief d'argent et de bronze doré : personnage debout, une fleur à la main. Damasquinures d'or.
xviiie siècle.

477. — Garde en fer, ciselée en léger relief d'une mante sur des fleurs de liseron. Fines incrustations de shakudo et d'or.
xviiie-xixe siècle.

478. — Garde en fer, quadrilobée, ciselée et incrustée en relief de shakudo et bronze doré : deux canards dans les herbes, sous la lune.

479. — Garde en sentoku, ovale, ciselée et incrustée en shakudo et bronze doré d'un vol d'oiseau au-dessus des vagues de la mer.
xviiie siècle.

480. — Petite garde, quadrilatérale, incrustée en fin relief d'argent et de bronze jaune de rouets et de navettes.
xviiie-xixe siècle.

XXI. — FAMILLE DES HAMANO

481. — Garde en shibuishi, ovale, ciselée et incrustée en relief de trois personnages ; incrustations de shakudo, cuivre rouge et or.
Signée : *Masayuki.*

482. — Garde en fer, ovale, ciselée et incrustée en shakudo, argent et cuivre rouge de deux personnages récoltant des coquillages au bord de la mer. Damasquinures d'or.
xviiie siècle.

483. — Garde en fer, ovale, ciselée et incrustée de shakudo et argent : Sage lisant à l'entrée d'une caverne, à la lumière de la lune. Damasquinures d'or.
xviiie siècle.

484. — Garde en shakudo, ciselée et incrustée en fort relief de bronze rouge, d'un personnage accroupi, agitant un éventail. Fines damasquinures d'or.
Signée : *Masayoshi Katsurinken.*
(Artiste de la famille *Iwama*, élève de *Naoyuki Toyama*, et de *Nobuyuki Hamano*, 1763-1837.)

485. — Garde en fer, quadrilobée, ciselée en relief et incrustée de cuivre rouge d'argent et de shakudo, damasquinures d'or : personnage à cheval, sous les pins, accompagné d'un enfant et d'un serviteur.

XVIIIe siècle.

486. — Garde en fer, ovale, incrustée en fort relief de cuivre rouge, de shakudo et d'or, d'un personnage enveloppé dans son manteau.

Au revers l'inscription suivante, en légende : « Konen Hachijuni saï, à l'âge de quatre-vingt-deux ans, Sesshin no Fude ».

487. — Garde en shibuichi, ciselée et incrustée d'or : aux branches d'un cèdre pendent des fils de la Vierge, dorés par le soleil.

Signée : *Miboku Otsuriuken*, à l'âge de soixante-huit ans.

(Nom porté par plusieurs artistes de la famille *Hamano*, au XVIIIe et au XIXe siècles.)

488. — Garde en fer, ovale, ciselée et incrustée d'un petit personnage et menant son bœuf, dans la campagne.

489. — Garde en fer, ovale, ciselée et incrustée en relief de shibuichi d'or et d'argent : canards dans les herbes, sous la lune.

XVIIIe-XIXe siècle.

490. — Garde en bronze, ciselée et incrustée en fort relief de shakudo, de Daruma accroupi en méditation.

491. — Garde en fer, ovale, ajourée et ciselée en relief d'un guerrier et d'une chimère sous les pins. Incrustations d'or et d'argent.

492. — Garde en fer, ovale, ajourée et ciselée d'un guerrier lisant un makimono. A côté de lui, un soldat armé de la lance. Incrustations d'argent, d'or et de shakudo.

Signée : *Naonori*.

493. — Garde en fer, ovale, ajourée, ciselée et incrustée en argent et bronze rouge: Sage assis au bord d'une caverne et considérant un tigre qui sort de son antre. Damasquinures d'or.

494. — Garde en shibuichi, ciselée et incrustée en shakudo, bronze rouge et or : deux petits personnages dont l'un manie un éventail.

495. — Garde en fer, incrustée en relief d'argent et de bronze doré, d'un lapin dans les herbes.

496. — Garde en fer, ovale, ciselée et incrustée très finement en bronze rouge, argent, shakudo et or : guerrier à cheval passant devant la terrasse où une femme joue du shamizen.

XVIIIe siècle.

497. — Garde en fer, ovale, ciselée et incrustée en haut relief d'argent, shakudo et bronze doré, du combat d'un guerrier avec un dragon.

498. — Garde en fer, quadrilobée, incrustée en relief de shakudo, cuivre rouge et bronze doré, de trois petits personnages assis sous le feuillage d'un pin.

499. — Garde en fer, ovale, ciselée et incrustée en shakudo, bronze rouge et or, de deux personnes, sous un pin, au bord de la mer. A leurs pieds, une tortue marine, et au ciel, une grue, les ailes éployées.
xviiie-xixe siècles.

500. — Garde en sentoku, ciselée et incrustée d'une grue sous un saule.

501. — Deux gardes en fer, l'une ajourée, ciselée et incrustée en argent et bronze rouge d'un Sage assis à l'entrée d'une caverne, devant un tigre menaçant; l'autre ciselée et incrustée en shakudo d'un personnage dont la tête et les mains apparaissent seuls.

502. — Garde en shakudo, quadrilobée, ciselée et incrustée en relief de bronze doré de cailles dans les herbes.

503. — Garde en fer, ciselée et incrustée en relief de shibuichi, shakudo et bronze doré : petit personnage assis au pied d'un arbre, surveillant une cigale posée sur l'écorce.

XXII. — PROVINCE DE INABA

504. — Garde en fer, représentant un singe accroupi, tenant un bâton orné de banderoles. Fines ciselures et larges damasquinures d'or.
Signée : *Takatsugu Suruga, habitant la province de Inaba.*
xviiie siècle.

505. — Garde en fer, ovale, ajourée et ciselée de tiges de pivoines fleuries. Légères damasquinures d'or.
Signée : *Masayoshi, habitant la province de Inaba.*

506. — Garde en fer, finement ciselée de feuilles et de fruits. Damasquinures d'or.
Signée : *Ichiju en Inaba.*

507. — Garde en fer, ovale, ciselée de fleurs et de vrilles.
Signée : *Takemaro. Suruga, en Inaba.*

508. — Garde en fer, ovale, ajourée et ciselée de feuilles de chrysanthèmes. Légères damasquinures d'or.
Signée : *Masamitsu, en Inaba.*

XXIII. — ATELIERS DE KYOTO

509. — Garde en fer, ovale, ajourée et ciselée de branches d'érables. Traces de damasquinures d'or.
xviie siècle.

510. — Garde en fer, ajourée et ciselée d'un oiseau Hôo dans les branches d'un saule. Traces de damasquinures d'or.

511. — Garde en fer, ovale, ajourée et ciselée d'un vol d'oies au-dessus d'une barque, où est accroupi un singe. Damasquinures d'or.

512. — Garde en fer, ajourée et ciselée de feuilles de bambous.

513. — Deux gardes en fer, ovales, ajourées et ciselées de décors floraux.

514. — Garde en fer, ajourée et ciselée de fleurs de chrysanthèmes.
xviiie siècle.

515. — Garde en fer, ovale, ajourée d'un chapeau de pèlerin et de deux ombrelles. Damasquinures d'or.

516. — Garde en fer, ajourée et ciselée d'un crabe stylisé et de feuilles de bambous.

517. — Deux gardes en fer, ajourées et ciselées, l'une de branches d'érable, et l'autre d'un torii près des pins.

518. — Garde en fer, ovale, ajourée et ciselée de deux oiseaux Hôo perchés sur les branches d'un pin. Damasquinures d'or.

XXIV. — PROVINCE DE MUSASHI

ATELIERS DE YEDO. — LES AKASAKA

519. — Deux gardes en fer, ajourées et ciselées de bambous et de tiges de roseaux ; traces de damasquinures d'or.
Signées : *Masakata, en Musashi.*
Masayoshi, en Musashi.

520. — Deux gardes en fer, ajourées et ciselées de tiges de roseaux. L'une damasquinée d'or.
Signées : *Masayoshi, en Musashi.*
Masatoshi.

521. — Garde en fer, ovale, finement ajourée et ciselée de branches de cerisiers en fleur. Fines damasquinures d'or.
Signée : *Tadanori, habitant la province de Musashi.*
xviiie-xixe siècles.

522. — Deux gardes en fer, ovales, ciselées d'un poisson et de fruits de kaki. Damasquinures d'or.

Signées : *Masakuni, en Musashi.*

523. — Garde en fer, ajourée et ciselée d'une hampe de lance portant un gland, d'un éventail et de motifs divers. Damasquinures d'or.

Signée : *Masakata, habitant en Musashi.*

XVIIIe-XIXe siècle.

524. — Deux gardes en fer, ajourées et ciselées : l'une de feuilles de nénuphars, l'autre d'une tortue dans les flots. Damasquinures d'or.

La première signée : *Masakata, en Musashi.*

525. — Deux gardes en fer, ajourées et ciselées de motifs divers : étriers, bouilloire, pipe, etc. Damasquinures d'or.

526. — Garde en fer, circulaire, ciselée en relief d'une rose. Fines damasquinures d'or.

Signée : *Masatsune, habitant la province de Musashi.*

527. — Trois gardes en fer, ajourées et ciselées de feuilles de mauve et de tiges de jones.

Une est signée : *Nakai, en Musashi.*

528. — Garde en fer, ajourée et ciselée de feuilles de bambous. Légères damasquinures d'or.

Signée : *Masakata, habitant en Musashi.*

529. — Deux gardes en fer, ovales, ajourées et ciselées ; l'une de grappes de glycine, l'autre de feuilles d'érable sur l'eau.

Signées : *Masatsune.*

Moritsune, en Musashi

530. — Garde en fer, ovale, ciselée en léger relief et finement damasquinée d'or : oiseau au vol sous les branches d'un saule.

Signée : *Masatsune, habitant la province de Musashi.*

531. — Deuxgardes en fer, repercées en lignes, et ciselées légèrement de feuilles de mauve et de fruits de pins.

Signées : *Masayoshi, en Musashi.*

Masatsune, en Musashi.

532. — Garde en fer, ovale, ajourée et finement ciselée de branches de cerisiers en fleur, au-dessus d'une haie.

Signée : *Masatsune, à Yedo.*

533. — Garde en fer, ovale, ciselée et ajourée de motifs floreaux, damasquinée d'or.

Signée : *Masamitsu.*

534. — Trois gardes en fer, ajourées et ciselées de motifs décoratifs.
Deux sont signées : *Masanaga, en Musashi.*
Masayoshi, en Musashi.

535. — Garde en fer, ovale, ajourée et ciselée des vagues de la mer. Damasquinures d'or.
Signée : *Masanaga, habitant la province de Musashi.*
XVIIIe-XIXe siècle.

536. — Deux gardes en fer, ajourées et ciselées : l'une d'un papillon dans les fleurs, l'autre d'un insecte dans les herbes.

537. — Deux gardes en fer, ciselées et ajourées en négatif de fleurs de cerisiers ; éventails. Damasquinures d'or.
Signées : *Masayoshi, en Musashi.*
Masakata, en Musashi.

538. — Deux gardes en fer, ajourées et ciselées de feuilles et de fleurs.
Une est signée : *Masatsune, en Musashi.*

539. — Deux gardes en fer, ovales, ajourées et ciselées : l'une de feuilles et de vrilles, l'autre d'un décor de pins sous le soleil. Damasquinures d'or.
Une est signée : *Masachika, en Musashi.*

540. — Garde en fer, ovale, largement ajourée et ciselée d'un motif fleuri.
XVIIIe siècle.

541. — Deux gardes en fer : l'une en forme d'écran, l'autre ovale et ciselée en creux de feuilles d'érable.

542. — Garde en fer, ciselée et ajourée en forme d'un cheval, le dos arrondi et les naseaux rapprochés des sabots.
Signée : *Yoshiharu.*

543. — Deux gardes en fer : ovales, ajourées et ciselées : l'une d'oiseaux volant au-dessus des vagues, l'autre de feuilles de bambous.

544. — Deux gardes en fer, ovales, ajourées et ciselées : branche de prunier fleuri sous le croissant de la lune ; dragon dans les nuages.
Signées : *Masakata, habitant en Musashi.*
Masanaga, habitant en Musashi.

545. — Garde en fer, circulaire, ajourée et ciselée du feuillage d'un pin. Damasquinures d'or.
XVIIIe siècle.

546. — Garde en fer, ajourée d'un chrysanthème stylisé.
Signée : *Tadatoki Akasaka, habitant la province de Musashi.*
(Nom de cinq artistes des *Akasaka*, ayant vécu à Yedo aux XVIIIe-XIXe siècle.)

547. — Deux gardes en fer, ajourées et ciselées : mante auprès d'une roue : insecte dans les herbes.
xviiie-xixe siècle.

548. — Garde en fer, ovale, ajourée et ciselée finement : moineaux dans les bambous. Riches damasquinures d'or et d'argent.
xviiie siècle.

549. — Trois gardes en fer, ovales, ajourées de motifs stylisés.

550. — Garde en fer, ovale, épaisse, ajourée et ciselée de trois grues dont les pattes et les cols sont opposés. Fines damasquinures d'or.

551. — Deux gardes en fer, ovales, ajourées : l'une d'éventails, l'autre de feuilles.
xviiie-xixe siècle.

552. — Garde en fer, ovale, ajourée et ciselée d'un vol d'oies s'abattant dans les herbes.

553. — Deux gardes en fer, ovales, ajourées et ciselées d'oiseaux stylisés.

554. — Deux gardes en fer, ajourées et ciselées : l'une d'éventails, l'autre d'un coffret.

555. — Quatre gardes en fer, ajourées de motifs décoratifs.

556. — Garde en fer, ajourée et ciselée de motifs fleuris. Damasquinures d'or.

557. — Garde en fer, ajourée de deux grues stylisées, opposées.
Style du *Higo*.

558. — Deux gardes en fer, ajourées et ciselées de tiges et de fleurs.

559. — Deux gardes en fer, ajourées : l'une d'une mante près d'une roue de moulin, l'autre de motifs fleuris.

560. — Garde en fer, ovale, ajourée largement d'aiguilles de pin.
Pièce d'un beau caractère.

561. — Garde en fer, ajourée de fleurs stylisées et de rinceaux. Damasquinures d'or.
xviiie siècle.

562. — Trois gardes en fer, ajourées et ciselées d'éventails, de fleurs et de rinceaux.

563. — Garde en fer, ajourée et ciselée des ustensiles pour la cérémonie du thé, rassemblés au pied d'un arbre. Damasquinures d'or.

564. — Trois gardes en fer, ajourées et ciselées de décors divers.

565. — Garde en fer, ovale, ajourée et ciselée d'une écritoire, d'un bâton d'encre, d'un pinceau et d'un makimono. Damasquinures d'or.

566. — Trois gardes en fer, ajourées et ciselées de décors floraux.

567. — Garde en fer, ovale : ajourée largement et ciselée d'un paysage de pins au pied du Fuj-yama.

568. — Deux gardes en fer, ovales : l'une légèrement ciselée au trait de feuilles de mauve et de rinceaux, l'autre ciselée d'un poisson et d'une gourde, opposés.

569. — Trois gardes en fer, ovales, ajourées et ciselées : arçons de selle, fleurs de chrysanthèmes, chevaux. Damasquinures d'or.

570. — Garde en fer, ovale, ajourée d'un motif géométrique de carrelage, finement incrustée de fils d'argent et de cuivre.

XVIIIe siècle.

571. — Deux gardes en fer, ajourées : l'une en négatif d'une gerbe de feuilles liées, l'autre en positif du faîte d'une porte et des barreaux d'une baie.

572. — Garde en fer, ovale, ajourée et ciselée d'un oiseau perché sur des herbes. Riches damasquinures d'or.

573. — Deux gardes en fer, ajourées et ciselées : mante près d'une roue de moulin ; fleurs stylisées.

574. — Garde en fer, ovale, ajourée d'iris stylisés. Fines damasquinures d'or et d'argent.

XVIIIe siècle.

575. — Quatre gardes en fer, ajourées de motifs décoratifs.

576. — Garde en fer, ovale, ajourée et ciselée très légèrement au trait : fleur de chrysanthème stylisée et feuille dans un décor rayonnant.

XVIIIe siècle.

577. — Garde en fer, carrée, cerclée de shakudo, ajourée d'un décor de barreaux. Damasquinures d'or sur son pourtour.

XVIIIe siècle.

578. — Deux gardes en fer, ajourées de motifs décoratifs.

579. — Garde en fer, ovale, ajourée largement d'un décor de fleurs de paulownia et d'oiseaux stylisés.

XVIIIe siècle.

580. — Deux gardes en fer, ovales, ajourées régulièrement d'un décor de motifs en losanges.

581. — Garde en fer, ovale, ajourée d'une épuisette dans les herbes.

582. — Garde en fer, ovale, ajourée en négatif et ciselée finement. Damasquinures d'or.

Signée : *Masakata, en Musashi.*

583. — Trois gardes en fer, ajourées et ciselées de motifs décoratifs.

584. — Deux gardes en fer, ovales, ajourées et ciselées : l'une d'une fleur de paulownia stylisée, l'autre de nuages devant le croissant de la lune.

585. — Garde en fer, ciselée et ajourée : cheval. Damasquinures d'or.

586. — Deux gardes en fer, ovales, ajourées et ciselées : l'une de tiges de bambous, l'autre de deux voiles sur la mer, en vue du Fuji-yama. Damasquinures d'or.

587. — Garde en fer, quadrilobée, ajourée et ciselée de vagues.

Signée : *Masatoshi, habitant la province de Musashi.*

588. — Deux gardes en fer, ovales, ajourées et ciselées d'insectes dans les herbes. Damasquinures d'or.

589. — Deux gardes en fer : l'une ajourée et ciselée d'un cheval, l'autre ajourée en négatif de motifs floraux.

La seconde signée : *Masatoki, à Kofu (Yedo).*

590. — Deux gardes en fer, ovales, ajourées en négatif de fleurs stylisées.

Signées : *Kazutada, à Kofu (Yedo).*
Seiyei, à Kofu (Yedo).

591. — Trois gardes en fer, ovales, ajourées de fleurs stylisées.

Signées : *Masatoshi, à Kofu (Yedo).*
Masahide, à Kofu.
Masakane, à Kofu.

592. — Garde en fer, ovale, ajourée et ciselée d'un décor rayonnant de flèches.

Signée : *Namitoshi, à Kofu (Yedo).*

593. — Garde de type analogue ; tranche damasquinée d'or.

594. — Deux gardes en fer, ajourées : l'une en forme de chrysanthème stylisé, l'autre d'un décor de fleurs de paulownia stylisées.

595. — Trois gardes en fer, ajourées de motifs décoratifs et d'oiseaux stylisés.

596. — Garde en fer, ciselée de pièces de monnaies anciennes reliées par un cordonnet.

XVIIIe siècle.

597. — Trois gardes en fer, ovales, ajourées en négatif : fruits de kaki ; dragon ; motif décoratif.
Signées : *Masayoshi, à Kofu (Yedo).*
Masatoshi, à Kofu.
Kanchito.

598. — Garde en fer, ovale, ajourée et ciselée de fleurs et de feuilles de chrysanthèmes. Damasquinures d'or.
XVIIIe siècle.

599. — Trois gardes en fer, ajourées et ciselées de motifs décoratifs.
Une est signée : *Mitsuyoshi.*

600. — Garde en fer, ajourée et ciselée de feuilles et de fleurs de paulownia en forme d'armoiries.

601. — Garde en fer, ovale, cerclée de bronze doré, ajourée et incrustée de shakudo, damasquinée d'or : fruits de kaki.
Signée : *Namitoshi (Namiju), à Kofu (Yedo).*

602. — Deux gardes en fer, ajourées d'un motif géométrique, en manière de grillage.

603. — Deux gardes en fer, ajourées et ciselées : l'une d'une branche enroulée, l'autre des vagues de la mer.
Signées : *Nobuhide Sakuma, à Kofu (Yedo).*
Toshihisa, à Kofu.

604. — Garde en fer, ovale, ajourée et ciselée de feuilles et de fleurs.
Signée : *Nobuhide Sakuma, à Kofu.*

XXV. — ATELIERS D'ÉMAILLEURS

605. — Garde en fer, circulaire, incrustée en émaux jaune, vert, bleu et rouge, d'un chapeau de pèlerin et d'une armoirie.
Signée : *Masateru, à Hagi, en Nagato.*
XVIIIe siècle.

606. — Petite garde de poignard, en sentoku, ornée d'émaux cloisonnés verts et jaunes : chrysanthèmes.
XVIIIe siècle.

607. — Garde en fer, ciselée, incrustée de shibuichi et ornée d'émaux translucides : fleurs de cerisiers et feuilles d'érables.
XIXe siècle.

XXVI. — ATELIERS DIVERS

608. — Garde en fer, ovale, ciselée et incrustée d'un pin au bord de la mer. Dans le ciel une grue vole devant le disque du soleil qui s'enfonce à l'horizon dans les flots.

Signée : *Yukitsugu.*
XIXe siècle.

609. — Garde en fer, aux angles arrondis, incrustée en relief de cuivre rouge et de shakudo de Daruma passant sur les flots. Damasquinures d'or.

Signée : *Tsuneyuki.*
XIXe siècle.

610. — Garde en fer, quadrilobée, ciselée en relief d'une branche enroulée. Fines damasquinures d'or.

XVIIIe-XIXe siècle.

611. — Garde en fer, ajourée du croissant de la lune et ciselée de nuages ; incrustée en relief de shakudo d'une chauve-souris les ailes éployées. Fines damasquinures d'or.

Signée : *Toshikane.*
(Artiste de la famille *Suge*).
XIXe siècle.

612. — Garde en fer, quadrilobée, incrustée en relief de shakudo et d'or d'un pin : sous les branches passe une grue au vol.

Signée : *Kazutsugu.*
(Artiste habitant Shonai, dans la province de Dewa).
XIXe siècle.

613. — Garde en fer, ciselée sur son pourtour de motifs floraux.

Signée : *Sadayuki.*

614. — Garde en bronze, quadrilobée, ciselée de deux dragons dans les vagues.

Signée : *Kunishige, habitant en Hirado.*

615. — Garde en bronze, ovale, ciselée d'un dragon dans les vagues.

Signée : *Kunishige, habitant en Hirado.*

616. — Garde en bronze jaune, ovale, ciselée en relief d'un dragon dans les flots.

Signée : *Yasuyuki.*
Style du Hirado.
XVIIIe siècle.

617. — Garde en fer, incrustée en relief de filets de pêche au bord des flots, sous la lune.

XVIIIe siècle.

618. — Garde en fer, quadrilobée, incrustée en relief de shakudo de deux flèches.

Signée : *Munemitsu*.
XVIIIe-XIXe siècle.

619. — Garde en fer, quadrilatérale, aux bords rabattus en coquille, ciselée et damasquinée finement d'or et d'argent : personnage à longue barbe, assis devant une table et recevant un guerrier armé de la lance.

XVIIIe siècle.

620. — Trois gardes en fer, ciselées et incrustées : vagues, pièces de monnaie, fleurs stylisées.

621. — Garde en fer, ciselée et incrustée de bronze : Shoki. Fines damasquinures d'or.

622. — Deux gardes en fer, ciselées, incrustées de bronze jaune. Damasquinures d'or : dragons dans les nuages.

XIXe siècle.

623. — Deux gardes en fer, ciselées de vagues et de nuages. L'une est incrustée en relief de bronze et d'argent d'un dragon.

XVIIIe-XIXe siècle.

624. — Petite garde en bronze, ovale, ciselée en relief et incrustée d'argent et de shakudo : masque.

Signé : *Sadamasa*.
XIXe siècle.

625. — Trois gardes en fer, ovales, incrustées en léger relief de bronze, de motifs floraux ou décoratifs.

626. — Garde en fer, quadrilobée, ciselée et incrustée en bronze, or et argent, de deux grues dans les roseaux.

XIXe siècle.

627. — Deux gardes en fer, atourées et ciselées : l'une finement incrustée d'hirondelles de mer volant au-dessus des vagues ; l'autre, damasquinée d'or, présente des oies dans les roseaux.

XIXe siècle.

628. — Garde en fer, quadrilobée, ciselée et incrustée en shakudo, or, argent et bronze rouge, d'un daimio à cheval sous un pin.

629. — Deux gardes en fer : l'une ajourée et ciselée de gourdes, l'autre ciselée en relief de rats cachés dans une botte de paille.

630. — Cinq gardes en fer, ajourées de motifs géométriques.

631. — Garde en fer, incrustée d'or et d'argent : grues dans les roseaux.

XIXe siècle.

632. — Garde en fer, carrée avec les angles arrondis, ciselée en fort relief d'une carpe dans le courant. Fines incrustations de bronze rouge et damasquinures d'or.
Signée : *Shiho Hogen*.

633. — Trois gardes en fer, ajourées et ciselées.
L'une est signée : *Mitsukazu*.

634. — Garde en sentoku, incrustée en relief de shakudo, shibuichi et or, d'un renard sous le croissant de la lune.
Signée : *Naomaro*.

635. — Garde en fer, ovale, ciselée et incrustée en relief de shakudo, shibuichi et or, de deux petits personnages dans un paysage de montagnes.
Signée : *Hirochika Shiunsai*.
(Elève de *Hironaga*, de la famille *Uchikoshi*).
Commencement du XIXe siècle.

636. — Garde en fer, ovale, ciselée en creux d'un grand dragon.
Signée : *Hisanaga Seiriuken*.
(Elève de *Naoshige*, de la famille *Okamoto*, habitant à Osaka, à la fin du XVIIIe siècle.)

637. — Garde en fer, quadrilobée, incrustée en relief de shakudo, cuivre rouge, or et argent, de deux démons sous un érable.
Signée : *Hisanaga Seiriuken*.
(Idem.)
Cachet en or de l'artiste.

638. — Deux petites gardes en fer, ovales, ciselées en creux d'un motif géométrique. L'une est ornée de damasquinures d'or.
Signées : *Hisanaga*.
Hisanaga Seiriuken.
(Idem.)

639. — Garde en shibuishi, incrustée en fort relief de shakudo. Damasquinures d'or.
Signée : *Yoshiyuki*.

640. — Garde en fer, ciselée et incrustée en relief de bronze et d'or, d'un personnage, un éventail à la main, jonglant avec des boules d'or.
Signée : *Hidekuni*.
XIXe siècle.

641. — Garde en sentoku, ciselée et incrustée en relief de shakudo et d'or, d'une grue sur le tronc d'un pin.
Signée : *Masamitsu*.
(Artiste de la famille *Sakade*, élève de *Yoshimasa I*, des *Yegawa*, au commencement du XIXe siècle.)

642. — Deux gardes en sentoku, ajourées et ciselées : l'une d'un cheval au galop, l'autre d'un petit personnage accroupi près d'un sac. Damasquinures d'or.

643. — Petite garde en bronze rouge, ovale, ciselée et incrustée en shakudo d'une branche de cerisier fleuri.

Signée : *Mitsutaka.*

(Artiste de la famille *Kikuoka*, à Yedo, au milieu du XIXe siècle. Fils de *Mitsuhiro.*)

644. — Garde en fer, ovale, ciselée en fort relief et incrustée de shakudo : crapaud, près d'un bâton de pèlerin.

XIXe siècle.

645. — Garde en sentoku, présentant la forme d'un trapèze, ciselée et incrustée en fort relief de bronze et de shakudo, d'un cerf couché. Damasquinures d'or.

XIXe siècle.

646. — Deux gardes en sentoku, ajourées et ciselées : dragon enroulé sur lui-même ; valve de coquillage et chien à l'attache.

647. — Deux gardes en fer, l'une quadrilobée, l'autre ovale, ciselées en relief : oies au vol s'abattant dans les roseaux ; chrysanthèmes.

648. — Petite garde en bronze, ovale, ciselée et incrustée finement d'or : d'une gourde sort une fumée, où apparaît un seunin retenant par une longe un cheval au galop.

Signée : *Naoyoshi.*

649. — Garde en fer, quadrilobée, ciselée finement au trait d'armoiries.

XVIIIe siècle.

650. — Trois gardes en bronze, ciselées et incrustées : Daruma accroupi; grue volant au-dessus des herbes ; motifs décoratifs.

651. — Garde en bronze rouge, ovale, cerclée de shakudo, ciselée et incrustée en shakudo et or, de branches de pin et de cerisiers fleuris.

652. — Garde en sentoku, quadrilobée, incrustée en fort relief de shakudo et cuivre rouge d'un fruit de gourde et de feuillages. Damasquinures d'or légères.

XVIIIe-XIXe siècle.

653. — Petite garde, en cuivre rouge, quadrilobée, imitant l'écorce d'un arbre, et incrustée en relief de shakudo et bronze jaune, d'une marmite suspendue à une branche de pin.

XVIIIe siècle.

654. — Deux gardes en fer ; l'une ciselée et incrustée d'une libellule au-dessus des fleurs ; l'autre ciselée, ajourée de barreaux et incrustée en argent, d'une branche de cerisier fleuri.

655. — Deux petites gardes en bronze rouge, ciselées et incrustées en relief de shakudo : fruit de kaki ; fruit et feuille de nénuphar. Damasquinures d'or.

XVIIIe-XIXe siècle.

656. — Garde en cuivre rouge, ovale, ciselée et incrustée de shakudo et d'or : petit personnage dont on n'aperçoit que le buste, tenant un sac à la main, et menaçant un rat de son maillet.

657. — Garde en fer, quadrilobée, ciselée finement en creux et en relief, incrustée de bronze jaune et damasquinée d'or : oiseaux volant au-dessus des nuages.

XVIIIe-XIXe siècle.

658. — Garde en fer, ajourée et ciselée, incrustée et damasquinée d'or : oiseaux au vol, au-dessus des vagues de la mer.

XVIIIe siècle.

659. — Garde en fer, circulaire, à bord surélevé, ciselée en relief de feuilles et de fruits.

660. — Garde en fer, ovale et épaisse, ajourée et ciselée d'un oiseau Hôo.

661. — Garde en fer, ciselée et incrustée en relief de shakudo et d'or, d'un sennin, assis sur un rocher, créant de son souffle un petit personnage. Damasquinures d'or.

662. — Garde en fer, cerclée d'une épaisse bande de shakudo, ajourée et incrustée en bronze rouge et jaune de motifs géométriques.

XVIIe-XVIIIe siècle.

663. — Garde en fer, quadrilobée, ciselée en fort relief et incrustée d'or : grue planant les ailes écartées avant de s'abattre.

664. — Garde en fer, ovale, ajourée et ciselée d'un Sage et d'un enfant sous les bambous. Damasquinures d'or.

665. — Garde en fer, ciselée en relief et incrustée en or et argent : petits personnages à grands chapeaux, halant une barque.

666. — Garde en fer, ciselée et incrustée en relief de bronze rouge et jaune, d'un Sage debout auprès d'un cerf. Incrustations et damasquinures d'or.

667. — Garde en fer, ciselée en fort relief, d'une grue au vol, au-dessus des vagues de la mer. Fines incrustations et damasquinures d'or.

XVIIIe-XIXe siècle.

668. — Garde en fer, ovale, ciselée et incrustée en or d'un petit paysage de temples au bord de la mer. Damasquinures d'or.

669. — Garde en fer, ovale, incrustée en fort relief de shakudo, bronze rouge, or et argent, de deux singes déguisés en manzaï (danseurs du jour de l'an).

670. — Garde en shibuishi, quadrilobée, ciselée et incrustée en bronze doré d'un dragon.

Signée : *Shoraku.*

671. — Deux gardes en fer, ciselées en léger relief : l'une des vagues de la mer, l'autre de branche de cerisiers et de bambous.

672. — Garde en fer, quadrilobée, incrustée en relief d'argent et d'or, d'un papillon au-dessus des chrysanthèmes.

673. — Deux petites gardes en fer, ovales, ciselées et incrustées en shibuishi et bronze doré : tortue de mer ; oies au vol.

La première signée : *Norimasa.*

XIXe siècle.

674. — Garde en fer, ciselée et ajourée de motifs géométriques et de feuilles de nénuphars. Damasquinures d'or.

675. — Petite garde en shibuishi, ovale, ciselée au trait et incrustée en bronze doré : moineau sur une branche de cerisier en fleurs.

676. — Deux gardes en fer, ciselées et incrustées en bronze et or, de branches et de vrilles fleuries.

677. — Garde en fer, ovale, ajourée et ciselée d'un tigre sous les bambous.

Signée : *Hisanaga.*

XIXe siècle.

678. — Petite garde ovale, incrustée en relief de bronze et d'or, d'une cigale et de caractères d'écriture.

Cachet :

679. — Garde en fer, ovale, ciselée et incrustée de bronze doré : tigre sous les bambous.

680. — Deux gardes en fer, ciselées et incrustées en relief de bronze et d'argent : chien près d'une haie fleurie ; oiseaux au-dessus de meules de paille.

681. — Garde en fer, quadrilobée, ciselée en léger relief de toits et de nuages.

682. — Garde en fer, ovale, ciselée et incrustée en bronze, or et argent, d'une barque montée par trois petits personnages.

XVIIIe siècle.

683. — Deux gardes en fer, ajourées et ciselées, incrustées de bronze doré : chauve-souris au-dessus des nuages ; oiseaux volant par-dessus des pins.

684. — Deux gardes en fer, ciselées et incrustées de bronze : oiseau Hôo au-dessus de paulownia ; oie s'abattant dans les roseaux.

685. — Garde en fer, ovale, ciselée en relief de trois oiseaux au vol. Légère incrustation de bronze doré.

686. — Petite garde en fer, ovale, ciselée en relief de deux petits personnages, debout à l'entrée d'une grotte. Incrustations fines de bronze et d'or.

687. — Garde en fer, quadrilobée, ciselée de feuilles de nénuphar et d'une libellule damasquinée d'or.

688. — Garde en fer, quadrilobée, ciselée et incrustée en relief de bronze d'or et d'argent : petit personnage traversant un pont en vue du Fuji-yama.

689. — Garde ovale, en sentoku, incrustée en bronze rouge, shakudo, or et argent : barque dans les roseaux, à l'avant de laquelle une grue immobile est perchée sur une patte.

XVIIIe siècle.

690. — Garde en fer, ovale, ciselée en creux de coquillages marins.

691. — Garde en fer, ciselée et incrustée en relief de shakudo et d'or, d'une oie volant sous la pluie.

XVIIIe-XIXe siècle.

692. — Garde en fer, quadrilobée, ciselée du tronc et des branches d'un pin d'où pendent des fils de la Vierge. Incrustations et damasquinures d'or.

Signée : *Yasuyuki Mutosai.*

693. — Garde en fer, ovale, ciselée en relief et incrustée en or et argent d'un pêcheur, assis au bord d'une rivière, levant un poisson.

694. — Garde en fer, ovale, incrustée en relief de bronze, d'oiseaux volant autour des filets de pêche.

695. — Garde en fer ciselée et incrustée en relief de shakudo et d'or, d'une oie volant sous la pluie. Damasquinée d'or d'un étrier dans les herbes.

696. — Garde en sentoku, ajourée, ciselée et incrustée d'oiseaux de mer volant au-dessus des vagues.

697. — Garde en sentoku, quadrilobée, incrustée à plat et en relief de shakudo, shibuichi et or : martin-pêcheur sur un roseau, sous le disque de la lune.

698. — Garde en fer, incrustée en relief d'argent, de bronze et d'or, d'un papillon au-dessus des chrysanthèmes.

699. — Garde en sentoku, incrustée en shakudo et bronze doré de deux oiseaux volant au-dessus d'une roue de moulin.

700. — Garde en sentoku, ovale, ajourée et ciselée d'un aigle dans les branches d'un pin.

XVIIIe siècle.

701. — Trois gardes en fer, ajourées et ciselées de motifs divers.

702. — Petite garde en sentoku, ajourée et ciselée d'un enfant dépliant un makimono. Damasquinures d'or.

703. — Autre petite garde de décor et de type analogue.

704. — Garde en fer, ovale, ciselée en léger relief de Sages sous les bambous. Fines incrustations de bronze jaune.

705. — Petite garde en fer présentant la forme d'un losange, ciselée en fort relief de deux singes. Incrustations de bronze rouge.

706. — Deux gardes en fer, ciselées et incrustées en relief de bronze, de personnages et d'attributs.

707. — Deux gardes en sentoku : l'une ajourée et ciselée, d'un enfant déroulant un makimono : l'autre ciselée d'un dragon dans les nuages.

708. — Garde en fer, ciselée et incrustée en très fort relief de shibuichi et or, d'un cerf bramant, au pied des montagnes.

Cachet en or.

709. — Garde en fer, ciselée en fort relief et incrustée de bronze doré et d'argent : lion bouddhique auprès d'une cascade.

710. — Garde en fer, ciselée et incrustée en relief de shibuichi et argent d'oiseaux dans les nuages. Damasquinures d'or.

711. — Garde en fer, ciselée et incrustée en argent et or d'une branche de cerisier en fleurs. Damasquinures d'or.

Signée : *Kagenori.*

712. — Garde d'un singulier travail : elle est en shibuishi, encastrée dans un large encadrement de fer ; ciselée et incrustée en relief et damasquinée d'or : tigre sous la pluie.

Signée : *Kagenori.*

713. — Garde en fer, incrustée en fort relief de shakudo et bronze jaune : lion bouddhique et attributs.

XVIIIe-XIXe siècle.

714. — Garde en fer, ajourée et incrustée en relief de bronze doré d'oiseaux dans les nuages. Riches damasquinures d'or.

XIXe siècle.

715. — Garde en fer, circulaire, ciselée et ajourée : fleurs de cerisiers sur les flots.

716. — Garde en fer, ciselée en fort relief et incrustée en shibuichi et bronze doré, d'un énorme crapeau accroupi sur un rocher, créant de son souffle un petit personnage.

XIXe siècle.

717. — Petite garde en fer, quadrilobée, ciselée et incrustée en relief de shibuichi d'une fleur aux pétales détachés. Damasquinures d'or.

XVIIIe siècle.

718. — Garde en fer, ajourée et ciselée, incrustée en fort relief de shakudo d'un hibou perché sur une branche de pin.

XIXe siècle.

719. — Garde en fer, ciselée et incrustée en fort relief d'argent et de bronze doré : lion bouddhique au pied d'une cascade.

XVIIIe siècle.

720. — Garde en sentoku, ciselée en forme d'un personnage ficelant un ballot.

Signée : *Motoshige.*
Commencement du XIXe siècle.

721. — Garde en fer, ciselée et incrustée en bronze de libellules sur les joncs.

Signée : *Minamoto Nobukuni Yoshinao, habitant la province de Chikugo*
XIXe siècle.

722. — Garde en fer, ciselée et incrustée en bronze doré et argent d'un éléphant et de son cornac, sous les pins.

723. — Garde en fer, ciselée de roues et d'une feuille d'érable dans le courant.

XIXe siècle.

724. — Garde en bronze rouge, quadrilobée, ciselée des vagues de la mer, incrustée de points d'or.

Signée : *Shoshisaï Hogen.*
Datée : 1re année de l'ère Kaei (1848).

725. — Garde en fer, ovale, incrustée en léger relief de bronze doré d'une tente sous les cerisiers en fleurs.

726. — Garde en fer, en forme de croix, ciselée en relief de caractères d'écriture.

Signée : *Yechigo no kami Rai Kanemichi.*

727. — Grande garde en bronze rouge, ciselée et incrustée en relief de shibuichi et or : Raiden, le dieu du Tonnerre, dans les nuages, lançant la foudre.

Signée : *Toryo.*

728. — Garde en fer, ciselée de feuilles et de fleurs de paulownia.
Signée : *Masanori.*
XIXe siècle.

729. — Grande garde en bronze rouge, ciselée et incrustée en haut relief de bronze jaune de Daruma accroupi, en méditation.
Signée : *Toshitsugu.*
(Artiste de la famille *Nakamura*, à Yedo. Elève de *Mitsutoshi Kikuoka.*)
Première moitié du XIXe siècle.

730. — Garde en fer, ovale, incrustée en relief d'argent de shakudo et de bronze doré, de grues dans les roseaux.
XVIIIe-XIXe siècle.

731. — Garde en fer, quadrilobée, ciselée et incrustée en relief de shakudo d'un oiseau volant au-dessus des vagues.
Signée : *Yasumitsu*, d'après un dessin de *Hanabusa Icho.*

732. — Garde en sentoku, gravée au trait et incrustée en fort relief de bronze rouge, d'un guerrier armé de la lance, debout près d'un arbre.
Signée : *Kumagae Yoshinaga.*

733. — Garde en shibuichi, ovale, ciselée et incrustée en argent, shakudo et or, d'un personnage accroupi, souriant, portant à sa bouche ce qu'il vient de puiser dans une petite boite qu'il tient de la main gauche.
Signée : *Kohodo.*
Cachet de l'artiste.

734. — Garde en fer, ovale, ajourée d'un décor géométrique régulier en grillage.
Signée en lettres d'or : *Yamashiro Baiko.*

735. — Garde en fer, quadrilobée, incrustée en relief de shakudo, d'argent et d'or, d'un oiseau perché sur une branche de cerisier en fleurs.
Signée : *Yoshiteru.*

736. — Garde en fer, ovale, ajourée et ciselée de branches de prunier en fleurs et de branches de pins.
Signée : *Morikuni Shoami à Matsuyama.*

737. — Petite garde en shakudo, ovale, ajourée de motifs géométriques. Fines damasquinures d'or.
XVIIIe siècle.

738. — Garde en fer, ovale, ajourée et ciselée de renoncules.
Signée : *Mototake à Kyoto.*

739. — Garde en fer, en forme d'un animal fabuleux enroulé sur lui-même.
Signée : *Tsugunaga.*
XIXe siècle.

740. — Deux gardes en bronze : l'une ciselée en relief d'un dragon, l'autre ciselée et damasquinée de tiges fleuries.

Une est signée : *Seiriuken Yeiju.*

741. — Garde en fer, découpée, ajourée et ciselée, d'une stylisation florale.

XVIIIe-XIXe siècle.

742. — Garde en fer, incrustée en relief de shakudo et de bronze jaune de deux flèches croisées.

Signée : *Sadahiro.*
XVIIe siècle.

743. — Garde en fer, quadrilobée, ciselée d'une chimère ornée de larges cornes : incrustations de bronze rouge et damasquinures d'or et d'argent.

Signée : *Jogei.*

744. — Garde en fer, ovale, ajourée et ciselée d'un dragon dans les vagues.

Signée : *Tsunemasa.*
XVIIIe siècle.

745. — Deux gardes en fer, ajourées et ciselées : l'une d'un motif floral, l'autre de nuages devant le croissant de la lune.

Signées : *Kazumasa.*
Noriyasu.
(*Kazumasa* : artiste de la famille *Takumara*, à Tokio.)
XIXe siècle.

746. — Garde en fer, ciselée et damasquinée d'or : chevaux sous les saules.

Signée : *Hiryusai Joseki.*

747. — Deux gardes en fer, ajourées et ciselées.

Une est signée : *Kazumori.*

748. — Garde en fer, ovale, ajourée et ciselée de fleurs de prunier. Damasquinures d'or.

Signée : *Tsugumasa.*

749. — Trois gardes en fer, ajourées et ciselées.

750. — Garde en fer, ovale, dont le fond est ciselé en manière d'un natté régulier.

Signée : *Munetoshi.*

751. — Quatre gardes de sabre, incrustées et ciselées.

752. — Un lot de cinq cent soixante et onze gardes de sabre d'époques et de styles divers.

Sera divisé.

Imprimerie BERGER-LEVRAULT, Paris-Nancy.

www.ingramcontent.com/pod-product-compliance
Ingram Content Group UK Ltd.
Pitfield, Milton Keynes, MK11 3LW, UK
UKHW021631260726
13994UKWH00003B/1158

9 782329 433028